sität
ERN
Kirkeveien
Griffenfeldts gate
TORSHOV
LOVIS
BE
Suhmsgate
N
S
STUA
Louises gate
RODE-
LØKKA
GRÜNER-
LØKKA
Tofftes gate
Helgesens gate
HEGDEHAUGEN
Nordre gate
Sars gate
Wergelands-
veien
Schloßpark
gl. Schloß
Hausmanns gate
Lakkegata
Vahls gate
Jens Bjelkes gate
Frederiks gate
Rosenkrantz gate
Munkedamsveien
VIKA
VATERLAND
Grønlands-
Akebergveien
GRØNLAND
Rathaus
Zentralstation
Polizeipräsidium
Nylandsveien
Schweigaards gate
Rådhusgata
Bispegata
Pipervik
Oper
Bjorvik
Kajak-Anlegestelle
Ohlsen

Knut Krüger

Tatort Oslo
Unehrlich währt am längsten

KNUT KRÜGER

Unehrlich währt am längsten

Krimi

cbj

cbj ist der Kinder- und Jugendbuchverlag
in der Verlagsgruppe Random House

MIX
Papier aus verantwortungsvollen Quellen
FSC® C014496
FSC
www.fsc.org

Verlagsgruppe Random House FSC-DEU-0100
Das für dieses Buch verwendete FSC®-zertifizierte Papier
München Super liefert Mochenwangen.

Gesetzt nach den Regeln der Rechtschreibreform

1. Auflage 2013

Umschlagkonzeption: init.Büro für Gestaltung, Bielefeld,
unter Verwendung folgender Abbildungen:
© Plainpicture (Aurora Photos/Fredrik Solstad,
Etsa/Ivar Hargren, Pictorium/Sari Poijärvi
Oslokarte: Peter Palm, Berlin
MP · Herstellung: AW
Satz: Uhl + Massopust, Aalen
Druck: GGP Media GmbH, Pößneck
ISBN 978-3-570-15396-3
Printed in Germany

www.cbj-verlag.de

Prolog

Oslo im April
Als das Diensttelefon von Hauptkommissar Ohlsen klingelte, war dieser wieder mal nicht erreichbar. Mit kräftigen Paddelschlägen trieb er sein Seekajak über die schäumenden Wellen des Oslofjords, während die Gischt wie eine weiße Maske um sein Gesicht stand. Immer höher türmten sich die Wellenberge auf, hoben sein Boot in die Höhe und ließen es wieder ins Tal schießen. Stürmischer Wind brüllte in seinen Ohren, riss den Schaum von den Kronen und jagte die Fetzen quer durch die Luft. Der peitschende Regen zog einen dichten, graugrünen Vorhang über das Wasser, der sich nicht durchdringen ließ. Wie hätte er da telefonieren sollen?

Sein Sohn Alexander hingegen drückte den grünen Knopf des Handys, machte routiniert eine Aktennotiz und beruhigte den erzürnten Gustavsen. Denn der Kollege seines Vaters hatte »die Schnauze gestrichen voll«, wie er Alexander unverblümt mitteilte. »Sag deinem Herrn Vater, es gäbe wichtige Neuigkeiten beruflicher Art, die ihn unter Umständen interessieren könnten.«

»Soll er heute noch zurückrufen?«, fragte Alexander scheinheilig.

»Wenn es vor Weihnachten noch ginge, wäre ich überaus dankbar«, antwortete Gustavsen, der zunehmend gereizt klang. Dann legte er grußlos auf.

Alexander kannte dieses Spiel zur Genüge, und es gefiel ihm, daran teilzuhaben. Vermutlich war es auch kein Zufall, dachte er sich, dass man seinem Vater, der erst kürzlich zum Hauptkommissar befördert worden war, ausgerechnet den über alle Maßen pflichtbewussten und peniblen Magnus Gustavsen zur Seite gestellt hatte. Zwar hätte niemand seinem Vater mangelndes Pflichtbewusstsein vorwerfen können, doch achtete er stets darauf, dass Arbeit und Freizeit in einem gesunden Verhältnis zueinander standen, wie er sich ausdrückte. Er nutzte, mit anderen Worten, jede sich bietende Gelegenheit, um seiner Sportleidenschaft zu frönen, im Meer zu schwimmen, auf Langlaufskiern durch die Wälder zu gleiten, in Joggingschuhen durch die halbe Stadt zu traben oder in seinem Kajak die Weiten des Oslofjords zu erkunden. So wie jetzt.

Alexander trat ans Fenster und blickte besorgt über

den aufgewühlten Fjord, der eine giftgrüne Farbe angenommen hatte. Normalerweise konnte er von hier aus die umliegenden Inseln Hovedøya, Lindøya und Nakholmen sowie die Landspitze der Halbinsel Nesodden erkennen, doch nun hatten Land, Himmel und Meer ihre Konturen verloren und waren zu einem diffusen, brodelnden Gemisch verschmolzen. So in etwa stellte er sich die Ursuppe vor, die sie in Bio durchgenommen hatten und aus der vor 15 Milliarden Jahren das Universum entstanden war. Irgendwo da draußen, in der Unendlichkeit des brodelnden Ur-Universums, war sein Vater in einem winzigen Boot den entfesselten Naturgewalten preisgegeben. Für Alexander eine vertraute und dennoch beklemmende Vorstellung.

Er steckte das Handy in die Hosentasche, stapfte die Treppe hinunter und ging in die Küche, um sich ein Brot mit Krabbencreme zu machen. Er hatte gerade die Kühlschranktür geöffnet, als ein Brummen an sein Ohr drang, gefolgt vom Knirschen der Reifen auf dem groben Kies. Mit einem Anflug von Erleichterung nahm er Butter, Krabbencreme und Milch aus dem Kühlschrank, hielt dann inne und lauschte.

Rums! Die Haustür.

»Ach, ist das herrlich!« Die Stimme seines Vaters.

»Hallo, Papa.«

»Hallo, Alex!« Eine kompakte, durchtrainierte Gestalt, der man ansah, dass sie eben noch klatschnass gewesen war, erschien im Türrahmen. »Großartiges Paddelwetter, ich hätte bis nach Drøbak fahren können!«, rief Ohlsen begeistert. Sein Gesicht leuchtete vor Freude und guter Durchblutung. Seine dichten schwarzen Haare standen struppig in alle Richtungen ab, was sie im Übrigen immer taten, ob nass oder trocken. »Da fühlt man sich wirklich wie neugeboren! Vielleicht sollte ich mir gleich meine Joggingschuhe schnappen und noch eine kleine Runde ums Haus ...«

»Magnus hat angerufen«, unterbrach ihn Alexander.

»Ach wirklich?«

»Schon zwei Mal. Er sagte, es ist dringend.«

»Wahrscheinlich sind ihm die Büroklammern ausgegangen und er will wissen, wann wir Nachschub bekommen.«

»Er klang ziemlich aufgeregt.«

»Hm, hat er noch was gesagt?«

»Dass er die Schnauze voll hat.«

»Das hat er gesagt?«

»Das hat er gesagt.«

»Ich ruf ihn morgen an.«

»Papa, bitte!«

»War'n Scherz. Gib her.«

Alexander reichte ihm das Handy, doch noch ehe sein Vater die Kurzwahlnummer seines Kollegen eintippen konnte, erwachte der Apparat in seiner Hand zum Leben und schmetterte das Vereinslied des Osloer Fußballklubs Vålerenga IF.

»Hallo, Magnus, was gibt's?«

Ohlsens eben noch so gut durchblutetes Gesicht verlor die Farbe. »Franziska … bist du sicher?«

Das war zunächst alles, was ihm über die Lippen kam. Es hatte ihm, was selten geschah, die Sprache verschlagen. Als er schließlich »Okay, bin gleich da« murmelte, war er kreidebleich. Wie in Zeitlupe wandte er den Kopf. Alexander erschrak, als er einen Blick auffing, den er so noch nie gesehen hatte. Etwas zutiefst Besorgtes und Mitleidiges lag darin. Alexander wusste sofort, dass dieser Ausdruck etwas mit ihm zu tun hatte.

Kapitel 1

Acht Monate zuvor

»Ich hoffe, ihr habt alle schöne und erholsame Ferien verbracht«, begann Gunnar Mørk, »sodass ihr euch nun mit frischen Kräften den Herausforderungen der achten Klasse … hallo … würdet ihr mir bitte zuhören … das gilt auch für euch, Truls und Svein!«

Das neue Schuljahr an der Elisenbergschule begann so, wie das alte aufgehört hatte. Mørk kämpfte verzweifelt um Aufmerksamkeit. Dabei hatte sich der Lehrer fest vorgenommen, gegenüber den beiden Neulingen in der Klasse eine gewisse Autorität vorzutäuschen.

. »Ich möchte euch bitten, unsere neuen Schüler aus Deutschland recht herzlich willkommen zu heißen. Sofie, nimm den Kaugummi aus dem Mund, danke!« Mit einem Ruck zog Mørk seinen Hosenbund nach oben. Das war eine unglückselige Angewohnheit, die er nicht kontrollieren konnte, wenn er nervös war.

Ein kaum unterdrücktes Kichern lief durch die Bankreihen. »Ihre Gesichter dürften euch ja bekannt sein. Lukas und Franziska haben bereits ein halbes Jahr in der Förderklasse verbracht, um ihre Norwegischkenntnisse zu verbessern. Glücklicherweise haben wir in Alexander ja einen deutschsprachigen Mitschüler, der ihnen bestimmt mit Rat und Tat zur Seite stehen wird, nicht wahr, Alexander?«

»Na logo«, antwortete Alexander auf Deutsch und lächelte den beiden Zwillingen, die immer noch wie bestellt und nicht abgeholt vor der Tafel standen, kurz zu. Mørk, der die Antwort nicht verstanden hatte, lächelte ebenfalls. »Dann schlage ich vor, dass sich Franziska und Lukas neben Alexander setzen. Linnea, du könntest dafür neben Nora ans Fenster, und wenn Elias so freundlich wäre, einen Platz nach rechts zu rutschen, dann könnte Daniel ...« Mørk dirigierte mit beiden Händen, während ein so wilder Tumult losbrach, als wäre gerade Feueralarm ausgelöst worden. Nach minutenlangem Stühlerücken und Palavern hatte ungefähr die Hälfte der Schüler einen neuen Platz gefunden. Franziska saß zwischen Alexander und ihrem Bruder, der wiederum den strohblonden Elias an seiner Seite hatte.

»Wie lange bleiben die denn, die Deutschen?«, krähte ein Mädchen in der letzten Reihe. Für einen Moment herrschte absolute Stille.

»*Die Deutschen*«, wiederholte Mørk gedehnt, »heißen Lukas und Franziska, falls jemand von euch unter Gedächtnisschwund leiden sollte. Sie sind vor einem halben Jahr mit ihrer Mutter nach Oslo gezogen, befinden sich also nicht im Urlaub, sondern sind gekommen, um zu bleiben. Es sieht ganz so aus, Solveig, als müssten sie dich noch ein bisschen länger ertragen.« Solveig zog einen Flunsch.

War das jetzt ihr gemeinsamer Spitzname?, fragte sich Franziska beklommen. Den man ihnen verpasst hatte, um sich nicht persönlich mit ihnen abgeben zu müssen? Auf Norwegisch hatte das Wort einen fast aggressiven Klang: *Tyskerne* – die Deutschen.

★ ★ ★

»Macht euch nichts draus«, sagte Alexander, als sie auf dem Heimweg die Løvenskiolds gate entlangschlenderten. »Solveig hat eine große Klappe, aber sie meint es nicht so. Sie ist es nur nicht gewohnt, ihr Gehirn einzuschalten, bevor sie den Mund aufmacht.«

Lukas grinste. »Woher kannst du eigentlich so gut Deutsch?«, fragte er.

»Meine Mutter kommt aus Lübeck«, antwortete Alexander. »Sie hat meinen Vater damals im Urlaub kennengelernt und ist schon ein halbes Jahr später zu ihm in den hohen Norden gezogen. Vermutlich, weil ich bereits unterwegs war.«

»Wie *unterwegs*?«, fragte Lukas.

»Na, im Bauch.«

»Du meinst, deine Eltern haben sich im Urlaub kennengelernt und schon …?«

»War wohl Liebe auf den ersten Blick. Außerdem sagt mein Vater immer, er musste sie rumkriegen, bevor sie merkt, dass er ein Bulle ist. Sonst hätte sich meine Mutter bestimmt nicht mit ihm eingelassen.«

»Dein Vater ist bei der Polizei?«, fragte Franziska.

»Kripo.«

»Wow!«

Was Franziska vor allem auffiel, war Alexanders lässige Sprechweise. Die Worte schienen ihm wie zufällig aus dem Mund zu purzeln. Als führe er ein entspanntes Selbstgespräch, während er neben ihnen her schlurfte und seinen abgewetzten Lederbeutel, der ihm als Schultasche diente, am Zeigefinger über der Schulter trug. Hin und wieder strich er sich mit einer beiläufigen Bewegung die halblangen braunen Haare aus der Stirn.

»Und ihr?«, fragte Alexander, als sie im milden Nachmittagslicht in die Gyldenløves gate einbogen. »Ich meine, wieso seid ihr eigentlich hierher gezogen?«

»Meine Mutter … also *unsere* Mutter«, begann Lukas.

»Sie ist Augenärztin«, fuhr Franziska fort und nickte dann einfach, als wäre das eine ausreichende Erklärung. Alexander blickte sie fragend an.

»Sie arbeitet hier in einem Ärztehaus und findet alles viel besser als in Deutschland, auch die Schule«, erklärte Lukas.

»Ja, so brillante Lehrer wie Mørk gibt's bestimmt nur hier«, entgegnete Alexander trocken.

»Na ja, sie meint, dass wir hier alle weniger Stress hätten«, sagte Lukas. »Also eigentlich wollte sie schon immer nach Norwegen«, fügte er hinzu.

»Und – wolltet ihr das auch?«, fragte Alexander.

Lukas zuckte die Schultern. Franziska biss sich auf die Lippe. Dann sagte sie mit plötzlicher Heftigkeit: »Also ich geb ihr noch ein halbes Jahr, dann ziehen wir wieder zurück!«

»Wohin?«

»Nach München«, antworteten beide wie aus einem Mund.

Alexander hätte sich gern erkundigt, wo denn ihr Vater sei, doch vielleicht war das eine heikle Frage, also ließ er es bleiben. Mittlerweile waren sie in der Odins gate vor einem viergeschossigen Backsteinbau mit hohen Fenstern und prachtvoll verzierten Balkongittern stehen geblieben. »Also hier wohnen wir«, sagte Lukas und legte den Kopf in den Nacken. »Im dritten Stock.«

»Schicke Hütte«, bemerkte Alexander.

»Ja, ist ganz okay«, entgegnete Franziska.

»Tja dann … nehme ich jetzt den Bus auf die Insel. Gleich da vorne ist die Haltestelle«, sagte Alexander und zeigte in Richtung Bygdøy allé.

»Du wohnst auf einer Insel?«, wunderte sich Lukas.

»Halbinsel, um genau zu sein. Aber eigentlich kommt einem Bygdøy wie eine richtige Insel vor. Wenn ihr mich mal besuchen kommt, dann zeige ich euch das Strandbad und die Paradiesbucht. Das ist der schönste Strand der Welt, nur die Palmen muss man sich dazudenken.«

Franziska warf ihm einen zweifelnden Blick zu. Hier muss man sich fast alles dazudenken, dachte sie grimmig, bevor sie von einem sonderbaren Gefühl der Erleichterung ergriffen wurde. Der Gedanke, der seit Wochen in ihr Gestalt angenommen hatte, war nach diesem ersten Schultag zum festen Vorsatz geworden: Sie würden wieder nach Hause zurückziehen, koste es, was es wolle.

»Aloha!«, sagte sie und hob die Hand zum Gruß, ehe sie die Tür aufschloss und im Hauseingang verschwand. Lukas schlurfte hinter ihr her. »Mach's gut, Alexander!« Dann wurde auch er vom Dunkel des Treppenhauses verschluckt.

Kapitel 2

»Ich verstehe einfach nicht, wie die Leute so leichtsinnig sein können«, sagte Ohlsen, während er sich eine Handvoll Krabben auf den Teller schaufelte. »Die hängen ihre Adressaufkleber offen an die Gepäckstücke, bevor sie in Urlaub fliegen. Und wenn sie wiederkommen, wundern sie sich, dass ihnen jemand die Bude ausgeräumt hat.«

»Vielleicht solltet ihr mal eine Warnung an die Bevölkerung rausgeben«, schlug seine Frau Katja vor, nippte an ihrem Weißwein und blinzelte in die Abendsonne, die ihre Tafel auf der Veranda in sanftes Licht tauchte.

»Alles längst passiert, nützt aber nichts.« Ohlsen befreite die ersten Krabben im Handumdrehen von ihrer Schale. »Erst gestern hat eine Familie, die aus Teneriffa zurückkam, den Schock ihres Lebens bekommen. Alle elektrischen Geräte waren verschwunden, Musikanlage, Fernseher, Espressomaschine und so weiter. Dafür haben die Einbrecher in der Küche eine Tafel Schokolade und einen Computerausdruck hinterlassen, auf dem stand: *Willkommen zu Hause!* Ist das nicht eine unglaubliche Frechheit?«

»Ziemlich teurer Urlaub«, bemerkte Alexander und beträufelte sein Krabbenbrot mit Zitronensaft.

»So kann man's auch sehen. Aber irgendwann kriegen wir die beiden. Gibst du mir mal die Mayonnaise?«

»Wieso *die beiden?*«, wollte Katja wissen.

»Weil solche Einbrüche in der Regel zu zweit verübt werden. Man will die Beute ja nicht mit mehr Leuten teilen als unbedingt nötig. Andererseits ist es ganz praktisch, wenn einer Schmiere stehen kann.«

»Und wieso bist du so sicher, dass sie euch irgendwann ins Netz gehen?«

»Weil sie ziemlich übermütig sind. Sieht man ja an der Nachricht und der Schokolade. Das waren keine eiskalten Profis, sondern irgendwelche Typen, die sich wahnsinnig witzig vorkommen und das Ganze gewissermaßen als persönliche Herausforderung betrachten. Manche erhöhen mit der Zeit sogar das Risiko bei ihren Einbrüchen, um sich selbst etwas zu beweisen. Könnten zum Beispiel irgendwelche geltungsbedürftigen Halbstarken aus Grønland sein, die sich in der Therapiegruppe wie die Klosterschüler benehmen, aber in Wahrheit …«

»Ausgeschlossen!«, fiel ihm Katja ins Wort. »Für meine Jungs und Mädels lege ich die Hand ins Feuer.«

Vater und Sohn Ohlsen waren es gewohnt, dass Katja die Jugendlichen, für die sie sich verantwortlich fühlte, mit Zähnen und Klauen verteidigte. Seit mehreren Jahren arbeitete sie nun schon als Streetworkerin in dem Osloer Problemviertel Grønland. Gemeinsam mit ihren Kollegen sorgte sie dafür, dass viele Teenager, denen das Leben übel mitgespielt hatte, wieder mit ein bisschen Optimismus in die Zukunft blicken konnten. Dass sie einen Ausbildungsplatz erhielten, von den Drogen wegkamen oder von einer Pflegefamilie aufgenommen wurden. In den Therapiegruppen lernten sie, ihre Frustration in produktive Bahnen zu lenken, statt ihre Konflikte mit Gewalt zu lösen. Katja stand ihnen mit so unerschütterlicher Loyalität zur Seite, als wären es ihre eigenen Kinder. »Wenn *wir* uns nicht um sie kümmern, tut es niemand. Und ich werde es nicht zulassen, dass sie vor die Hunde gehen«, pflegte sie zu sagen.

»Dein Engagement in allen Ehren, Katja, aber du kannst aus den Kids keine Heiligen machen«, erwiderte Ohlsen. »Und du bist schon gar nicht dafür verantwortlich, wenn sie die Hand, die du ihnen entgegenstreckst, nicht ergreifen.«

Katja wusste, dass er recht hatte, und Ohlsen wusste, dass sie ihm niemals zustimmen würde. Denn sie identifizierte sich mit jedem einzelnen ihrer Schützlinge und empfand es als persönliche Niederlage, wenn diese sich etwas zuschulden kommen ließen. »Das tun sie aber«, entgegnete sie. »Alle ziehen wunderbar mit. Selbst Mia kriegt ihre Aggressionen immer besser in den Griff, und Petter hat sich enorm stabilisiert, seit er seine Ausbildung in der Druckerei angefangen hat.«

Alexander stöhnte innerlich. Wenn seine Mutter erst mal von den jüngsten Erfolgen, Durchbrüchen und Heldentaten ihrer Zöglinge zu erzählen begann, würde sie so schnell nicht wieder damit aufhören. Höchste Zeit also für einen eleganten Themenwechsel.

»Wir haben zwei Neue in der Klasse!«

Allgemeines Schweigen.

Ein paar Möwen kreisten schreiend hoch über ihren Köpfen. In der Ferne tutete eine Fähre.

Seine Mutter schien mit den Gedanken noch in Grønland zu sein, während sein Vater sich ganz darauf konzentrierte, eine Weißbrotscheibe mit Krabbenberg und Mayonnaisehaube in Richtung Mund zu balancieren.

Alexander gab seinen Eltern Zeit. Er wusste, dass das menschliche Gehirn ab einem gewissen Alter länger braucht, um jähe Themenwechsel zu verarbeiten, also versuchte er es mit einer Wiederholung der Nachricht.

»Wir haben zwei Neue in der Klasse!«

»Ach wirklich?«, nuschelte Ohlsen mit vollem Mund.

Bingo!

»Aus München«, fügte Alexander effektvoll hinzu.

Jetzt schien auch Katja aus ihrer Trance zu erwachen. »Aus München? Wie interessant. Dann kannst du ja endlich mal mit jemand anderem deutsch reden als mit mir.«

»Wenn ich um eine kurze Personenbeschreibung bitten dürfte«, sagte Ohlsen mit seiner förmlichsten Hauptkommissarstimme. »Persönlicher Hintergrund, äußere Merkmale und besondere Kennzeichen.«

Dies war ein beliebtes Spiel zwischen Vater und Sohn, das eine genaue Beobachtungsgabe sowie eine präzise Ausdrucksweise erforderte. Beides Dinge, die einem im Alltag von großem Nutzen sein konnten, wie Ohlsen stets betonte.

»Es handelt sich um Zwillinge, einen Jungen und ein Mädchen«, begann Alexander und legte die Fingerspitzen aneinander. »Sie heißen Lukas und Franziska. Ihr exaktes Alter muss noch ermittelt werden, ich tippe auf dreizehn Jahre. Mørk zufolge sind sie vor cirka einem halben Jahr mit ihrer Mutter, einer Augenärztin, von München nach Oslo gezogen. Über den Verbleib des Vaters ist nichts bekannt. Da er bis jetzt von niemand erwähnt wurde, steht zu vermuten, dass der Umzug ohne ihn stattfand.« Alexander trank einen Schluck Wasser. Ohlsen nickte zufrieden.

»Franziska ist schlank und etwa so groß wie ich, hat schulterlange dunkelbraune Haare und grüne Augen. Ihr markantes Kinn und ihr durchdringender Blick lassen auf eine Persönlichkeit mit starkem Willen schließen.« Katja warf ihrem Sohn einen halb beeindruckten, halb belustigten Blick zu. »Ihr Bruder ist einen halben Kopf kleiner«, fuhr Alexander fort, »hat kurze blonde Haare, blaue Augen und ziemlich viele Sommersprossen, vor allem um die Nase herum. Beim Sprechen stößt er ein klein wenig mit der Zunge an, aber das hört man kaum. Hat sein Hemd schief zugeknöpft und trägt verschiedenfarbige Socken, wahrscheinlich aus Schusseligkeit. Wohnhaft in der Odins gate 17, dritter Stock – das war's.«

»Ich muss schon sagen, du wirst immer besser«, sagte Ohlsen voller Stolz. »Wenn wir doch nur so gute Täterbeschreibungen bekommen würden, dann hätten wir eine viel höhere Aufklärungsquote.«

»Ich finde, wir sollten die Ermittlungen bei einer persönlichen Gegenüberstellung fortsetzen«, sagte Katja vergnügt. »Lad sie doch mal zu uns ein, Alexander.«

»Ich hab ihnen schon gesagt, dass ich ihnen die Paradiesbucht zeige«, entgegnete er.

»Dann solltest du das möglichst bald tut«, erwiderte Ohlsen. »Ich fürchte, der Sommer wird auch in diesem Jahr irgendwann zu Ende gehen, und jetzt ist die Paradiesbucht schließlich am schönsten. Lasst uns doch gleich die ganze Familie einladen. Vielleicht könnten wir dort zusammen grillen.«

»Und wenn sie nicht gern grillen?«, wandte Katja ein.

»Lass das nur meine Sorge sein, Liebes, ich habe schon eine Idee …«, sagte Ohlsen und blickte versonnen in die Ferne. »Mir schweben da marinierte Lammkoteletts mit gebackenen Kartoffeln vor. Oder mit wildem Fenchel gefüllte Doraden … oder vielleicht beides?«

Katja gab ein nachsichtiges Seufzen von sich und fragte sich bestimmt zum hundertsten Mal, wie sie nur an diesen sport- und genusssüchtigen Kriminalkommissar geraten war.

Und während am Fredriksborgveien auf Bygdøy noch eingehend darüber diskutiert wurde, ob man eine wildfremde Familie erst zum Grillen an den Strand oder doch lieber zu sich nach Hause einladen sollte, senkte sich langsam die Dämmerung über den Oslofjord, der jetzt so still und friedlich dalag, als wollte er für heute nicht mehr gestört werden.

Kapitel 3

Es war der seltsamste Park, den Lukas je gesehen hatte, und er lag nur einen Katzensprung von der Odins gate entfernt. Lukas kam sich inmitten der über zweihundert nackten Figuren aus Granit und Bronze wie in einem unwirklichen Traum vor. Denn die Figuren waren nicht nur nackt, sondern teils zu einem eigentümlichen Wirrwarr von Armen und Beinen verschlungen, bei dessen Anblick ihm schwindelig wurde. Das hatte ihm gerade noch gefehlt; er hatte ohnehin Mühe genug, seine Gedanken zu ordnen.

In sich gekehrt schlurfte er zwischen den starren und doch so lebendig wirkenden Babys, Kindern, Erwachsenen und Greisen hindurch, die in den verschiedensten Situationen des Lebens dargestellt waren: liebend, zankend und schlagend, lachend und weinend, sich in den Arm nehmend, scheinbar in Gespräche vertieft oder artistische Verrenkungen machend.

Der Star des Parks, das hatte ihm seine Mutter erzählt, war der »Sinnataggen«. Ein kleiner Junge, dessen Skulptur auf einer Brücke stand. Er hatte ein wutverzerrtes Gesicht und stampfte mit dem Fuß auf. Sinnataggen heißt auf Deutsch Trotzkopf.

Lukas konnte ihn gut verstehen, denn eigentlich war er genauso wütend wie dieser Junge. Doch ließ er sich seine Gefühle im Gegensatz zu Franziska nicht so leicht anmerken. Ob er nun Freude, Trauer, Heiterkeit oder Wut empfand – er prüfte diese Gefühle erst mal in seinem Inneren, versuchte ihnen auf den Grund zu gehen und herauszufinden, ob sie stärker oder schwächer wurden. Erst danach entschied er, ob er diese Gefühle zeigte oder eben nicht. Aus irgendeinem Grund brauchte Lukas diese Art der Kontrolle, um im Gleichgewicht zu bleiben.

Und im Moment wollte er seine Wut lieber für sich behalten. Vor allem seiner Mutter gegenüber, weil er sie nicht enttäuschen wollte. Sie hatte sich so auf Oslo gefreut und war so glücklich hier; jedenfalls sagte sie das ständig. Und Franziska sprach ihm gegenüber immer öfter und eindringlicher davon, dass sie wieder zurück nach München wollte. Wenn er sie jetzt auch noch anfeuerte, würde sie hochgehen wie eine Rakete, und Lukas hasste solche Explosionen.

»Lukas, schau mal, sieht das nicht lustig aus?«

Seine Mutter stand auf einem Bein und hielt sich an

der Statue eines muskulösen Bronzemanns fest, der ebenfalls auf einem Bein stand und vier Säuglinge in die Luft hielt, als würde er mit ihnen jonglieren. Sie strahlte mit der Sonne um die Wette, während ihre blonden Haare im Wind flatterten.

»Sehr lustig«, sagte Lukas und hätte am liebsten mit dem Fuß aufgestampft.

* * *

Als sie später auf Franziskas Zimmer waren, erstellten sie eine Liste. Das war ihre Idee gewesen. Eine Pro-und-contra-Liste sollte es werden, die schwarz auf weiß ans Tageslicht bringen würde, dass München hundert, wenn nicht tausend Mal besser war als Oslo.

»*Englischer Garten*«, sagte Franziska träumerisch und machte mit ihrer schnörkeligen Schrift den ersten Eintrag. Als i-Punkt malte sie ein kleines rosafarbenes Herz.

»*Oktoberfest*«, ergänzte Lukas. »Top Spin, Magic, Freefall …«

»Soll ich das alles aufschreiben?«

»Quatsch, ich hab nur gerade überlegt, was meine Lieblingsfahrgeschäfte sind.«

»Vom *Freefall* wird dir doch immer total schlecht.«

»Nur das eine Mal, weil ich vorher zu viel Eis gegessen hatte.«

»Hm, was noch?«, fragte Franziska.

»Das *Mathäser*, da laufen die besten Filme«, schlug Lukas vor. »Außerdem gibt's dort das leckerste Popcorn.«

Mathäser, notierte Franziska und fügte in Klammern *Popcorn* hinzu.

»*Bayern München*«, legte Lucas nach. »Kannst die *Allianz Arena* gleich dazusetzen. Die Samstage sind auch nicht mehr das, was sie mal waren.«

»Stimmt, samstags war ich mit Mama immer auf dem Viktualienmarkt.«

»Also schreib auf!«

Franziska setzte erneut den Stift an. *Viktualienmarkt*. Mit zwei rosa Herzen.

Je länger sie nachdachten, desto mehr Vorzüge und Pluspunkte Münchens fielen ihnen ein, die keinesfalls auf der Liste fehlen durften. Franziska schrieb und schrieb, während ihre Buchstaben immer kleiner wurden. Als Letztes quetschte sie noch den Namen ihrer Lieblingseisdiele in Schwabing unten auf die Seite. *Adria*.

Gegenüber, in der rechten Spalte, herrschte gähnende Leere.

»Was machen wir eigentlich mit der Liste, wenn wir fertig sind?«, wollte Lukas wissen.

»Die schieben wir morgen früh unter Mamas Tür durch oder legen sie auf den Küchentisch.«

»Bist du verrückt?«

»Warum denn? Wenn sie die Liste sieht, wird Sie einsehen, dass wir zurückziehen *müssen*«, sagte Franziska.

»Dann lass uns aber auch irgendwas aufschreiben, was für Oslo spricht, sonst glaubt sie noch, wir wären nicht objektiv.«

»Hm … na gut … fällt dir denn was ein?«

»Nö.«

»Mir auch nicht.«

»Das Skolebrød bei der Bäckerei Samson in der Frederik Stangs gate schmeckt eigentlich ganz gut«, sagte Lukas nach längerem Nachdenken.

»Du meinst, diese Hefedinger mit Vanillecreme und Kokosflocken?«

»Genau die.«

»Ja, kann man essen«, räumte Franziska ein.

»Wird einem jedenfalls nicht gleich schlecht von«, ergänzte Lukas.

»Also gut.« Franziska griff seufzend zu einem stumpfen Bleistift und kritzelte *Skolebrød* in die linke Spalte. »Noch weitere Backwaren, die du aufnehmen möchtest?«

»Wie wär's mit dieser Keksschokolade in der gestreiften Verpackung?«

»Hä?«

»Na, die so ähnlich schmeckt wie KitKat.«

»Kvikklunsj?«

»Ja, Kvikklunsj.«

»Meinetwegen, aber das reicht jetzt«, entschied Franziska. »Für Oslo spricht also Skolebrød und Kvikklunsj, für München der ganze Rest.«

Am Ende beschlossen die beiden dann doch, die Liste erst mal unter Verschluss zu halten. Außerdem wollten sie noch eine zweite Liste mit den Namen all ihrer Freunde und Freundinnen anfertigen, denn die vermissten sie schließlich am allermeisten. Bei Facebook tippten sie sich täglich die Finger wund, aber irgendwie kam ihnen das eher wie ein Computerspiel vor, mit dem sie ihr altes Leben weiterspielten. Mit ihrem neuen Leben hatte das nichts zu tun. Irgendwann würde ihre Mutter schon von selbst darauf kommen, dass der Umzug nach Oslo eine Riesenschnapsidee gewesen war, und wieder mit ihnen nach München zurückgehen.

Nur eines, darin waren sie sich einig, konnte das verhindern. Wenn ihre Mutter sich vorher verliebte. Das durfte unter keinen Umständen passieren. Der Haken an der Sache war, dass sie sich ziemlich schnell verliebte. Im Allgemeinen.

Natürlich war das nicht immer so gewesen. Erst in den letzten Jahren. Erst nach dem schrecklichen Unfall, über den sie eigentlich niemals sprachen, auch jetzt nicht.

Kapitel 4

Das Haus war wie geschaffen für sie. Es stand am südlichen Rand eines kleinen Waldstücks, das Husebyskogen genannt wurde und eine der vielen grünen Lungen der Stadt war. Hier herrschte ein großzügiger Abstand zwischen den Einfamilienhäusern, die zudem so freundlich waren, ihre Rückseiten dem Wald zuzukehren. Eine solche Einladung konnten sie einfach nicht ausschlagen.

Drei Tage lang hatten sie das zweistöckige rote Holzhaus mit den spitzen Giebeln und weiß eingefassten Fenstern beobachtet, bis kein Zweifel mehr daran bestand, dass es vorübergehend sich selbst überlassen war. Sie wussten sogar, wo sich seine Bewohner derzeit befanden. Auf Kreta. Zumindest war ihr Fluggepäck dorthin eingecheckt worden.

Es hatte sie einige Mühe gekostet, so ein vielversprechendes Objekt zu finden. Sie hatten sich Adressen in Ullern, Grefsen, Risløkka und Stabekk notiert und waren bis nach Furuset hinausgefahren, um die verschiedenen Möglichkeiten zu sondieren, doch entweder hatte es sich um schwer zugängliche Wohnungen oder um leicht einsehbare Grundstücke gehandelt, die ein zu großes Risiko darstellten. Als sie sich bereits damit abgefunden hatten, ein weiteres Mal zum Flughafen fahren zu müssen, um sich neue Adressen zu besorgen, hatten sie diesen Volltreffer gelandet.

Gegen drei Uhr früh rollten sie im Schritttempo die Straße entlang, bogen an deren Ende in einen holprigen Waldweg ein und parkten ihren betagten Volvo so tief im Dickicht, dass er vollkommen vom Tannengrün verschluckt wurde. Die bleiche Sichel des Mondes tauchte das Haus, das durch die Zweige schimmerte, in fahles Licht. Die nächtliche Stille schien jedes ihrer Geräusche zu verstärken: das Klicken der Wagentüren, die sie so leise wie möglich ins Schloss drückten, und das Knacken der Zweige unter ihren Sohlen, während sie mit tastenden Schritten der Rückseite des Gebäudes entgegenschlichen. Der niedrige Maschendrahtzaun war kein Hindernis. Dennoch schnappte Petter hörbar nach Luft, als er mit dem Fuß dagegen stieß. Morten warf ihm einen warnenden Blick zu. Nacheinander stiegen sie über den knarrenden Zaun, der unter ihrem Gewicht schwankte. Dann huschten sie in geduckter Haltung über die rechteckige Rasenfläche, glitten um das Geländer der Außentreppe und verschwanden wie Gespenster in dem schwarzen Treppenabgang. Unten vor der niedrigen Kellertür angekommen atmeten sie ein paar Mal tief durch und lauschten. Doch hörten sie nichts als ihr eigenes unterdrücktes Keuchen. Petter wischte sich den kalten Schweiß von der Stirn. Dann reichte er Morten Latexhandschuhe und Instrumente, als wäre er ein junger Arzt, der dem Chirurgen bei der Operation assistierte.

»Licht!«, kommandierte der Chirurg flüsternd. Petter richtete seine Taschenlampe gehorsam auf das Türschloss. Die Operation konnte beginnen.

Als sie sich anderthalb Stunden später die dünnen Gummihandschuhe von den Fingern zerrten, waren sie mehr als zufrieden. Ein komplettes Heimkino-System inklusive Lautsprecher, Decoder und DVD-Player, zwei Fernseher, eine hochwertige Hi-Fi-Anlage, eine fast ebenso wertvolle Mikroanlage, ein Laptop, ein Kaffeevollautomat, ein Beamer, eine iPod-Dockingstation, ein Internetradio sowie ein nagelneues iPad ruhten unter weichen Decken auf der Ladefläche ihres Wagens. Dafür hatte es sich definitiv gelohnt, mehrmals den mühsamen Weg über den Maschendrahtzaun hinweg und durch das Gehölz auf sich zu nehmen. Den bunten Kindercomputer hatten sie nicht mitgenommen, der brachte sowieso nicht viel Geld ein, außerdem waren sie keine Unmenschen, die kleine Kinder beklauten. Das war eines ihrer Prinzipien.

Sie hatten sich vielmehr äußerst großzügig gezeigt und in der Küche eine Schachtel mit edlen Kong-Haakon-Pralinen zurückgelassen. Die mit den Cognac-Marzipan-Trüffeln, den gerösteten Mandelsplittern und dem weichen Schichtnougat, das einem auf der Zunge zerging. *Guten Appetit! Aber nicht alles auf einmal essen!*, stand auf dem Computerausdruck, den sie neben die Schachtel gelegt hatten.

Petter konnte sich noch gut an die vierköpfige Familie mit den beiden kleinen Mädchen erinnern, die am SAS-Schalter in Richtung Kreta eingecheckt hatte. Mit ihren spitzen Mündern und den vorstehenden Zähnen hatten die Kinder wie possierliche Nagetiere ausgesehen, die neugierig ihrem Gepäck nachblickten, das vom Laufband in Bewegung gesetzt wurde. Familien, deren Kinder noch nicht schulpflichtig waren, nutzten gern die Nachsaison, um in den sonnigen Süden zu fliegen. War ja auch viel billiger, dachte Petter und freute sich fast darüber, dass die Eltern, die den Großteil ihrer Unterhaltungselektronik eingebüßt hatten, zumindest einen kostengünstigen Urlaub verbrachten.

Je weiter sie sich vom Husebyskogen entfernten, desto mehr löste sich ihre Anspannung. Und als sie schließlich den Maridalsveien erreichten, der in nördlicher Richtung aus der Stadt herausführte, waren sie trunken von Euphorie und grölten jedes Lied mit, das im Radio gespielt wurde. Vielleicht trug auch das Dosenbier, das beim Öffnen auf die Sitze gespritzt war, zu ihrer überschäumenden Stimmung bei. Der schwarze Asphalt flog unter ihnen dahin, und vermutlich wären sie nicht einmal erstaunt gewesen, hätte ihr Fahrzeug sich plötzlich vom Boden gelöst, um direkt in den rosa Morgenhimmel zu steigen, so schwerelos fühlten sie sich. Petter kurbelte die Scheibe hinunter, legte den Kopf in den Nacken und sog die kühle Luft ein. Dort, wo der Schweiß auf seinem Gesicht getrocknet war, fühlte sie sich kalt an. Das brachte ihn schlagartig in die Realität zurück.

Er hätte sich niemals auf all das einlassen dürfen. Das war keine neue Erkenntnis, doch traf sie ihn plötzlich mit schonungsloser Klarheit. Anfangs hatte er nur seine Schulden an Morten zurückzahlen wollen, aber der hatte ihm unterschwellig gedroht, dass er jetzt, da sie so erfolgreich waren, nicht einfach wieder aussteigen könne. Sie seien »untrennbar miteinander verbunden«, hatte Morten gesagt und sie einmal sogar als »Brüder« bezeichnet. Petter wusste, was es hieß, solch einen Bruder zu haben. Er kannte Mortens Jähzorn und seine unkontrollierten Gewaltausbrüche. Hatte selbst erlebt, wie Morten einem seiner

Kumpel mit einem kurzen professionellen Schlag seines Ellbogens die Nase zertrümmert hatte.

Jetzt fuhren sie wieder zur alten Scheune, die sie als Zwischenlager benutzten. Morten kümmerte sich um alles Weitere, also den Abtransport und Verkauf der Waren, und bezahlte ihm seinen Anteil in bar aus. Für Petter war das eine bequeme Lösung. Allerdings hatte er bisher noch keine einzige Öre seines Anteils gesehen, den Morten eigenmächtig von 50 auf 30 Prozent reduziert hatte. Wegen der Aufwandsentschädigung und Altschulden, wie er behauptete. Petter war klar, dass Morten ihn gnadenlos über den Tisch zog, doch wie sollte er das verhindern, ohne selbst einen Nasenbeinbruch oder Schlimmeres zu riskieren? Irgendwie musste er sich aus Mortens Fängen befreien, die Sache ein für alle Mal beenden, ehe er sich so tief darin verstrickt hatte, dass es kein Zurück mehr gab.

Kapitel 5

Der Sommer weigerte sich hartnäckig, dem Herbst zu weichen. Als hätte er vergessen, dass ihm der Erfinder der Jahreszeiten nur einen befristeten Vertrag eingeräumt hatte, der für gewöhnlich mit den letzten Augusttagen endete. Doch inzwischen war die Hälfte des Septembers verstrichen, und noch immer ignorierte der Sommer jeden zaghaften Versuch des Herbstes, durch buntes Laub oder launische Winde auf sich aufmerksam zu machen. Niemand nahm ihm das ernsthaft übel, schon gar nicht Kommissar Ohlsen, während er pfeifend ein monströses Edelstahlungetüm in der Paradiesbucht aufbaute, das er als »Universalgrill« bei eBay ersteigert hatte.

Zufrieden füllte er schließlich die Grillkohle in den Behälter und ließ seinen Blick über die Berge von Spareribs und Bratwürsten gleiten, die, hätte man sie aneinandergelegt, wohl bis nach Stockholm gereicht hätten.

Es war Alexanders Idee gewesen, mit einer Strandparty seinen 13. Geburtstag nachzufeiern, der in die großen Ferien gefallen war. Dann konnte er Lukas und Franziska einfach dazuladen, und seine Eltern würden nebenbei Gelegenheit haben, die Mutter der beiden kennenzulernen, wenn sie denn so viel Wert darauf legten.

Die deutschen Zwillinge waren schon zwei Mal bei Ohlsens zu Besuch gewesen, und Alexander fand sie ja auch ganz nett, dennoch sah er nicht ein, warum er ihretwegen seine Freunde vernachlässigen sollte. Irgendwie schien alle Welt von ihm zu erwarten, dass er ständig für sie das Kindermädchen spielte. Und die anderen waren froh, sich so nicht selbst um die Neuen kümmern zu müssen. Wie bequem für euch, dachte Alexander missmutig. Aber so läuft das nicht. Außerdem bin ich nicht der Integrationsbeauftragte der Elisenbergschule, das kann sich Mørk mal hinter die Löffel schreiben.

Kapitel 6

Franziska sah der Party mit gemischten Gefühlen entgegen. Nicht nur, weil sie fürchtete, das einzige Mädchen zu sein, sondern vor allem, weil ihre Mutter angekündigt hatte, sie und Lukas dorthin zu begleiten.

»Da kommen bestimmt noch andere Eltern«, sagte sie, »und ich möchte doch unbedingt die reizende Frau Ohlsen kennenlernen, mit der ich neulich telefoniert habe.«

»Es sind aber nur Freunde von Alexander eingeladen!«, entgegnete Franziska mit Nachdruck.

»Ich will ja auch gar nicht lange stören, Franzi. Ich bringe euch mit dem Auto hin, wechsele ein paar Worte mit den anderen Eltern und dann verschwinde ich wieder – Ehrenwort!«

Franziska wusste, was so ein Ehrenwort wert war. Nichts, zero, nada! Ihre Mutter würde sich bestimmt zu Alexander und seinen Freunden in den Sand setzen, als Erste die Schuhe ausziehen und sich wahnsinnig jung vorkommen. Und dann würde sie das tun, was sie am besten konnte: alle in peinliche Gespräche verwickeln. Wahrscheinlich irgendwelche Geschichten aus ihrer eigenen Jugend zum Besten geben, die weiß Gott niemanden interessierten. Dass ihr Norwegisch immer noch ziemlich holprig war, störte sie dabei kein bisschen. Im Gegenteil. Sie betrachtete so etwas als Herausforderung. Franziska fragte sich manchmal, ob es das war, was das Erwachsensein ausmachte – dass einem nichts mehr peinlich war.

Anderseits: Was spielte es schon für eine Rolle, ob sich ihre Mutter an die anderen Jugendlichen ranschmiss oder auf irgendjemanden einen sonderbaren Eindruck machte? Was spielte es für eine Rolle, was die anderen dachten? Überhaupt keine!

Es ist total egal, was passiert, dachte Franziska, weil wir sowieso bald wieder von hier verschwinden. Es ist egal, ob wir uns gut unterhalten oder langweilen. Es ist egal, ob sich Alexander über das blöde deutsche Buch freut, das wir ihm schenken werden. Wirklich sehr originelle Idee! Ihre Mutter hatte es besorgt und in der Buchhandlung als Geschenk einpacken lassen, sodass Lukas und sie es gar nicht zu Gesicht bekommen hatten. Eine doppelt bescheuerte Idee. Na, egal! Egal, egal, egal.

Schon bald würde die Zeit in Oslo nur noch ein

kurzer Abschnitt in ihrem Leben sein, kaum wert, dass man sich an ihn erinnerte.

»Also gut«, sagte Franziska mit einem Schulterzucken zu ihrer Mutter. »Dann fahren wir eben zusammen hin.«

* * *

Die Paradiesbucht öffnete sich vor ihnen wie eine Theaterbühne, deren Vorhang zur Seite gleitet. Soeben waren sie noch durch dichten, dunklen Kiefernwald gestapft und nun standen sie plötzlich im gleißenden Licht und mussten die Augen zusammenkneifen. Es war eine überwältigende Helligkeit, die auf der Netzhaut flirrte und in der Nase kitzelte. Nach und nach wurden die ersten Konturen sichtbar: eine sanft gewölbte Bucht, die von einem weißen Sandstreifen gesäumt wurde. Dahinter hoch aufragende Bäume, wie eine Versammlung von Riesen, die sich neugierig über den Strand beugten. Zur Linken ein kleiner Hügel. Zur Rechten ein paar schroffe Felsen und ein Holzsteg, der direkt in die glitzernde Weite des Meeres hineinführte.

Eine beeindruckende Szenerie. Wahrhaft paradiesisch. Aber wo war die Party? Ihre Augen suchten den Strand ab.

»Da ist Elias!«, rief Lukas. Ihr stämmiger Mitschüler stand unterhalb der Felsen am Ufer und versuchte mittels eines langen Stocks, kleine Steine ins Wasser zu schlagen, als würde er Golf spielen. Er trug eine blaue Badehose mit kleinen gelben Enten, die besser zu einem Dreijährigen gepasst hätte.

»Elias!«, rief Lukas und winkte. »ELIAS!!!«

Elias ließ sich nicht stören, hob beiläufig die Hand zum Gruß, ohne sich zu vergewissern, wer da gerufen hatte, und konzentrierte sich auf seinen nächsten Abschlag. Vielleicht sollte die Geste auch *Ruhe bitte!* bedeuten.

Nach und nach erspähten sie weitere Klassenkameraden, die sich über den weitläufigen Strand verteilt hatten und ihren eigenen Beschäftigungen nachgingen, als seien sie rein zufällig hier zusammengekommen. Franziska war ganz froh, nahe des kleinen Hügels Tonje und Selma zu erblicken, die beiden unzertrennlichen Blondinen, die meistens demonstrativ gelangweilt aussahen. Franziska fand sie zwar ein bisschen tussig und oberflächlich, doch zumindest waren sie auf ihre distanzierte Art stets freundlich zu ihr gewesen. Eigentlich wunderte sie sich, dass die beiden mit Alexander befreundet waren. Aber vielleicht waren sie das ja gar nicht. Vielleicht waren sie als weibliche Unterstützung gedacht, damit Franziska sich nicht so allein vorkam. Sie saßen nebeneinander auf einem großen rosa Badetuch und hatten ihr Outfit offenbar abgesprochen: Shorts, Tank Tops und riesige Sonnenbrillen. Als Daniel aus dem Wasser stürmte und sich vor ihnen schüttelte wie ein nasser Hund, kreischten sie auf und warfen mit Sand nach ihm. Dann fuhren sie damit fort, ihre Zehennägel zu lackieren.

In diesem Moment betrat Alexander, mit Badehose und T-Shirt bekleidet, den Steg. Franziska nutzte sogleich die Gelegenheit, um sich von ihrer Mutter abzusetzen. Mit einem kurzen: »Tschüs, Mama!«, schnappte sie sich das Geschenk aus ihren Händen und lief auf den Gastgeber der Party zu. Lukas folgte ihrem Beispiel, rief über die Schulter hinweg: »Bis später!«, und spurtete in Richtung Elias, der aus unerfindlichen Gründen dazu übergegangen war, einen mächtigen Felsbrocken durch die Gegend zu schleppen.

Alexander bemerkte Franziska, ehe sie den Steg erreichte. Ihr grünes Sommerkleid hatte dieselbe Farbe wie ihre Augen und tanzte beim Laufen um ihre Oberschenkel. Die braunen Haare flatterten wie eine Fahne hinter ihr her. Mit zwei federnden Sprüngen landete sie auf den Holzplanken, bevor sie ihre Schritte verlangsamte und auf ihn zuging.

»Hei, … Alex«, keuchte sie.

»Hei, Franziska«, sagte er lächelnd.

»Für dich!« Sie streckte ihm mit der rechten Hand das Buch entgegen, während ein Schweißtropfen über ihre Stirn lief. Alexander wollte das Geschenk gerade entgegennehmen, da zog sie es unwillkürlich zurück und wischte den Schweißtropfen mit dem rechten Handrücken fort. Alexanders Hand griff ins Leere.

»Willst du vielleicht was trinken?«, fragte er.

»Ja, gern.«

Beide schlurften über den Steg, durch dessen Ritzen das Wasser schimmerte. Als Franziska bemerkte, dass sie nach der gescheiterten Übergabe immer noch das Geschenk in der Hand hielt, knallte sie es ihm mit ungewollter Heftigkeit vor die Brust. »Hier, dein Buch!«

»Jetzt hast du verraten, was es ist«, sagte er grinsend.

Sie zuckte die Schultern, was erneut einen Schweißtropfen in Bewegung setzte, der sich vom Nacken löste und ihre Wirbelsäule hinunterrollte.

Alexander bückte sich kurz und hielt im nächsten Augenblick wie von Zauberhand eine Flasche Solo-Orangenlimonade in der Hand. Erst auf den zweiten Blick sah Franziska, dass an einem Pfahl des Stegs zwei Getränkekisten festgebunden waren, die im Wasser standen. Sie schraubte den Deckel ab und leerte die halbe Flasche in einem Zug. Von hier aus konnte sie auch den in der Sonne blitzenden Grill erkennen, hinter dem Alexanders Vater stand, der ihr mit einer Würstchenzange zuwinkte. Franziska lächelte zaghaft.

Während Alexander das eingepackte Buch zu den anderen Geschenken auf einen Klapptisch legte, hielt Franziska nach ihrer Mutter Ausschau. Tonje und Selma saßen immer noch auf ihrem Handtuch und hielten ihre frisch lackierten Zehennägel in die Nachmittagssonne. Daniel, Håkon und Fredrik hatten ihr Fußballtraining an den Strand verlegt und köpften sich einen Ball zu. Elias trug Lukas, der eine Algenkette um den Hals trug, huckepack durch das seichte Wasser. Lukas stieß seinem Freund die Fersen in die Seiten und rief »Hüh, Pferdchen!«. Wie alt waren die eigentlich?

Außerdem trieben sich noch drei, vier andere Jungen am Strand herum, von denen Franziska nicht wusste, ob sie etwas mit der Party zu tun hatten. Von ihrer Mutter war weit und breit nichts zu sehen. Anscheinend hatte sie dieses eine Mal ihre Natur verleugnet und sich diskret zurückgezogen. Franziska dankte ihr im Stillen, was ziemlich selten vorkam, und fragte sich erleichtert, was sie jetzt tun sollte. Alexander war gerade damit beschäftigt, die nächsten Geschenke auf den Tisch zu legen. Vielleicht sollte sie den beiden Mädels Gesellschaft leisten und sich eine nette Bemerkung über ihre Zehennägel abringen. Zögernd ging sie auf die beiden zu. Erst als sie direkt neben ihnen stand, wandten sie träge ihre Köpfe.

»Hei!«, sagte Franziska.

»Hei!«, entgegnete Selma.

»Oh, hei!«, antwortete Tonje, die für die meisten Dinge etwas länger brauchte.

»Darf ich mich zu euch setzen?«

»Klar«, sagte Selma.

Tonjes Sonnenbrille bewegte sich nach unten. Anscheinend hatte sie genickt.

Da die beiden keine Anstalten machten, sie auf ihr Handtuch zu lassen, setzte sich Franziska neben das Handtuch in den Sand, wo bereits zwei Paar Ballerinas standen. Um in Ruhe überlegen zu können, was sie als Nächstes sagen sollte, trank sie einen weiteren Schluck aus der Flasche. Das heißt, sie *wollte* gerade schlucken, als sie so heftig nach Luft schnappen musste, dass ihr die Limonade in die Nase schoss und sich sprudelnd in die Ballerinas ergoss.

»Meine Schuhe!«, schrie Tonje mit bemerkenswerter Reaktionsschnelligkeit.

»Tut mir … echt leid«, röchelte Franziska, während sie die gelbe Flüssigkeit aus den Schuhen in den Sand kippte und verzweifelt zum rechten Rand der Bucht hinüberblickte. Dort war ein blondes Wesen in einem knallroten Bikini Frau Ohlsen bei der Vorbereitung eines Lagerfeuers behilflich. Den roten Bikini hatte sie noch nie gesehen. Das blonde Wesen schon. Es war ihre Mutter.

★ ★ ★

Als sie sich Stunden später um das prasselnde Lagerfeuer scharten, herrschte eine entspannte und heitere Stimmung. »Wer will noch mal, wer hat noch nicht?«, rief Ohlsen hinter dem Grill. Lukas holte sich sein ungefähr siebenundzwanzigstes Würstchen und brachte auch seinem neuen Kumpel Elias eins mit. Håkon mit der blonden Hippiemähne, der nur einmal im Jahr zum Friseur ging und die Stimmen der meisten Lehrer nachahmen konnte, sagte streng: »Selma, nimm den Kaugummi aus dem Mund, danke!« Allgemeines Gelächter. Auch Selma grinste. Dann zog er ruckartig den Bund seiner Hose nach oben. Noch größeres Gelächter. Nur Tonje sah immer noch ein wenig unglücklich aus. Vermutlich betrauerte sie den Untergang ihrer Ballerinas.

Franziska fühlte sich merkwürdig leer. Zunächst hatte sie sich gefragt, wie man nur so stocksauer auf seine Mutter sein konnte, wenn einem doch eigentlich alles egal war. Aber jetzt, nachdem sich ihre Mutter mitsamt ihrem roten Bikini endlich verzogen hatte, war ihr die Sache wirklich ziemlich schnuppe. Gedankenverloren betrachtete sie die kleinen lila Wölkchen, die den entflammten Himmel tupften, während die Sonne ihre letzten Strahlen über den Horizont schickte. Das Meer sah aus wie ein zerknittertes graues Tuch, auf dem sich schemenhaft die tellerförmigen Inseln abzeichneten. Die Möwen schrien sich die letzten Nachrichten des Tages zu.

Okay, okay, dachte sie. Die Paradiesbucht war gar nicht so übel. Hätte sich glatt einen Platz auf der Liste verdient. War ja wohl auch das Mindeste, bei *dem* Namen. Aber gehörte die Paradiesbucht überhaupt zu Oslo? Das ließ sich schwer entscheiden. Im Grunde war Oslo ja ein riesiger Wald mit ein paar Häusern drin, der zufällig am Meer lag.

Und Alexander, gehörte der auf die Liste? Warum fragte sie sich das überhaupt? *Nur so*, war die Antwort. Hat nicht das Geringste zu bedeuten. Alexander war so freundlich, lässig und entspannt wie immer gewesen. Hatte hin und wieder mit ihr geredet, sie mit Spareribs, Salat und Limo versorgt und mit seinen lustigen Bemerkungen zum Lachen gebracht. Ihr einmal sogar die Hand auf die Schulter gelegt, um ihr etwas zu zeigen. Man fühlte sich einfach wohl in seiner Gegenwart, aber so ging es bestimmt allen. Kein Grund, sich etwas darauf einzubilden.

Kapitel 7

Der nächste Tag begann draußen und drinnen mit Donner und Blitz.

»Du hast *Ehrenwort* gesagt!«

»Ich war doch höchstens zehn Minuten ...«

»Eine halbe Stunde bist du in deinem roten Bikini am Strand herumgehüpft!«, schnitt ihr Franziska das Wort ab, während der Wind den prasselnden Regen gegen das Fenster trieb.

»Also ich glaube, es waren höchstens zwanzig Minuten«, versuchte Lukas zu vermitteln.

»Ha!«, rief Franziska. Ein krachender Donnerschlag ließ die Küche erzittern. »Du hast doch überhaupt nichts mitgekriegt, weil du die ganze Zeit mit deinem Babyfreund Elias Sandburgen gebaut hast. Ich wette, ihr habt hinter den Felsen auch noch Topfschlagen gespielt.«

»Ich verstehe gar nicht, warum du dich so aufregst, Franzi«, beschwichtigte ihre Mutter Claudia. »Gestern habt ihr noch gesagt, dass es so eine tolle Party war.«

»Ja, nachdem wir endlich unter uns waren. Hast du etwa irgendwelche anderen Eltern am Strand gesehen?«

»Alexanders Eltern waren doch auch …«

»Das ist etwas ganz anderes! Außerdem haben die sich die ganze Zeit im Hintergrund gehalten, aber du musst ja immer im Mittelpunkt stehen!«

Lukas folgte dem Streit zwischen seiner Schwester und seiner Mutter mit angehaltenem Atem. Das tat er immer, wenn die beiden sich in die Haare kriegten. Er hätte schon etwas zu sagen gehabt, doch fühlte er sich dem Temperament und der Lautstärke ihrer Auseinandersetzung nicht gewachsen. Sie waren wie zwei Dampflokomotiven, die in vollem Tempo aufeinander zurasten. Keine wollte freiwillig bremsen. Kollision vorprogrammiert.

»Du hast kein Recht, mir so etwas vorzuwerfen!«, wehrte sich Claudia. »Ich tue alles, damit ihr hier ein schönes Leben habt und neue Freunde findet.«

»Wir wollen aber keine neuen Freunde finden, sondern unsere alten zurückhaben!«, schrie Franziska. Ein greller Blitz tauchte die Küche in gleißendes Licht.

Claudia warf Franziska einen Blick zu, der irgendwo zwischen Wut und Verzweiflung lag. Dann fuhr sie sich mit einer wilden Geste durch die Haare und fing an, zwischen Kühlschrank und Fenster hin und her zu marschieren. Auf ihren Wangen zeigten sich hektische rote Flecken. »Ich weiß«, begann sie mit mühsamer Beherrschung, »dass die Umstellung für euch nicht einfach ist. Aber so ist das mit allen neuen Dingen im Leben. Man muss sich nur genug Zeit geben, um sich darauf einzulassen. Kommt mal her, ihr beiden …« Sie streckte ihnen lächelnd ihre Hände entgegen.

Lukas trat zögernd einen Schritt vor. Franziska zog sich an die Wand zurück und verschränkte demonstrativ die Arme vor der Brust.

»Wir werden uns hier ein schönes Leben aufbauen, ihr werdet sehen«, sagte ihre Mutter mit fast flehender Stimme.

»Ich hatte schon ein schönes Leben. Leider hat man es mir weggenommen!«, giftete Franziska.

»Denkt nur mal an die Schule … wie viel Stress ihr in München hattet und wie leicht ihr euch hier tut, trotz der neuen Sprache. Ich verdiene viel mehr Geld als in Deutschland und muss nicht mal von früh bis spät dafür schuften. Hier haben die Familien noch genug Zeit füreinander. Es gibt weniger Leistungsdruck und mehr Zusammenhalt unter den Menschen. Kommt es euch nicht so vor, als wären hier alle miteinander befreundet?«

»Vor allem kommt es mir so vor, als wäre hier jeden

Tag Sonntag«, entgegnete Franziska. »Und Sonntage habe ich schon immer gehasst. Vorgestern, bei den Hausaufgaben, habe ich mal darauf geachtet, wie viele Autos an unserem Haus vorbeifahren. In einer halben Stunde waren es fünf Stück« – sie streckte die fünf Finger ihrer rechten Hand in die Luft –, »und wir wohnen ja quasi in der Innenstadt. Ich glaube wirklich, in Walpertskirchen ist mehr los.« In Walpertskirchen, dem verschlafensten Kaff unter der Sonne, wohnte ihre Großtante.

»Aber das ist ja gerade das Großartige!«, rief Claudia begeistert und kehrte die Handflächen nach oben wie ein Fernsehprediger. »Hier ist es so aufregend wie in einer Metropole und erholsam wie auf dem Land. Erst neulich habe ich in der Zeitung gelesen, dass die Norweger die glücklichsten Menschen der Welt sind, weil sie in beispiellosem Wohlstand und doch in Einklang mit der Natur leben.«

»Warum arbeitest du eigentlich nicht für die norwegische Tourismusbehörde?«, fragte Franziska bissig. Doch ehe ihre Mutter etwas darauf antworten konnte, sagte Lukas leise: »Wenn Papa noch leben würde, wären wir nie hierher gezogen.«

Mit einem Mal war es totenstill. Der Sturm in der Küche hatte sich gelegt, während draußen der Wind an den Fenstern rüttelte. Claudia stand da wie vom Blitz getroffen, während ihr Gesicht alle Farbe verlor. Ihre Lippen begannen zu beben. Tränen schossen ihr in die Augen. »Nein, das wären wir nicht«, sagte sie mit erstickter Stimme. »Aber euer Vater hätte es bestimmt richtig gefunden, dass wir drei es hier versuchen. Er hätte gewollt, dass wir unseren Blick nach vorn richten, statt der Vergangenheit nachzutrauern. Er wird für immer in unseren Herzen bleiben, ob in München oder in Oslo.«

Lukas wurde von einer abgrundtiefen Traurigkeit überschwemmt. Sie kam in Wellen, doch immer seltener, was ihn noch trauriger machte. Seit fünf Jahren war sein Vater jetzt tot. Fünf Jahre waren vergangen, seit sein Wagen auf regennasser Landstraße ins Schleudern geraten und gegen einen Baum geprallt war. Manchmal dauerte es eine Weile, bis sich Lukas an sein Gesicht erinnern konnte. Dann sah er sich alte Fotos an. Mit der Stimme erging es ihm genauso. Wenn er sich sehr konzentrierte, konnte er sich ihren Klang vorstellen, dem warmen, weichen Timbre seines Papas lauschen und darin baden wie in einem Meer der Geborgenheit. Aber dann verschwand die Stimme wieder, und das brachte ihn schier zur Verzweiflung. Und München, dachte Lukas, war gewissermaßen die letzte Verbindung zu seinem Vater gewesen. Mit dem Umzug aus ihrer alten Wohnung war auch diese Verbindung gekappt worden.

Kapitel 8

Sie trafen sich vor dem Hauptbahnhof an einer der großen Tigerskulpturen, von denen es in Oslo eine ganze Reihe gab.

»Warum stehen hier eigentlich überall Tiger rum?«, wollte Lukas wissen.

»Die Norweger bezeichnen Oslo als ›Tigerstadt‹, weil es hier so wild und gefährlich ist«, erklärte Alexander. »Ich glaube, das hat mit irgendeinem Gedicht zu tun, aber genau weiß ich das auch nicht.«

Lukas schaute prüfend zu seinem Kumpel Elias hinüber, der in seiner Winnie-Puuh-Jacke alles andere als wild und gefährlich aussah. Elias war jetzt fast immer dabei, wenn sie sich trafen, und so machten sie sich zu viert auf den Weg: drei Jungen und ein Mädchen. Zweieinhalb Deutsche und anderthalb Norweger. Und *wenn* Oslo wirklich die Stadt der Tiger war, dann wollten sie zusammen mitten hinein in den Dschungel, auf der Suche nach Abenteuern.

»Ich hab mal gelesen, dass Tiger immer von hinten angreifen«, sagte Elias. »Die schleichen sich lautlos an, springen an dir hoch und beißen dir ruck, zuck die Nackenwirbel durch.«

Lukas warf einen beunruhigten Blick über die Schulter. »Die greifen ja wohl keine Menschen an.«

»Aber klar, vor allem in Indien. Deshalb tragen die Inder ja auch eine Maske am Hinterkopf, um die Tiger zu täuschen«, fügte Elias mit Kennermiene hinzu.

Elias' Allgemeinbildung war wirklich erstaunlich, allerdings hatte sich Lukas schon oft gefragt, ob man ihm alles glauben durfte. Obwohl seine Schulnoten ziemlich zu wünschen übrig ließen, sprach Elias ebenso selbstsicher über das Brutverhalten der Brillenpinguine wie über historische Flugzeugmotoren oder die Kakaorezepte der Azteken. Er schien sich einfach alles zu merken, was nichts mit der Schule zu tun hatte. Erst neulich hatte er Lukas haarklein auseinandergesetzt, dass die Azteken ihre Waren nicht mit Geld, sondern mit Kakaobohnen bezahlt hatten. Im 16. Jahrhundert hätten sie für einen Truthahn 200 Kakaobohnen hinblättern müssen, wohingegen ein Fisch, der in eine Maishülse eingewickelt wurde, nur 3 Kakaobohnen wert gewesen sei.

Für so was kann der sich begeistern, dachte Lukas, aber wenn er in Mathe mit 3x9 konfrontiert wird: Fehlanzeige.

Während Alexander ihnen den Weg bahnte und immer tiefer ins Dickicht der Großstadt vordrang, wurden die Straßen zusehends schmaler und das Licht schummriger. Stirnrunzelnd nahm Franziska zur Kenntnis, dass sich der norwegische Wohlstand, der ihre Mutter offenbar so begeisterte, hinter dem Bahnhof allmählich in Luft auflöste. Wiederholt kamen sie an verrotteten Zäunen und baufälligen Häusern vorbei, die schon lange nicht mehr gestrichen worden waren. Stattdessen hatte man die Fassaden mit irgendwelchen Parolen oder privaten Botschaften beschmiert. Auf einer freien Fläche stand eine Rostlaube im kniehohen Gestrüpp und gammelte still vor sich hin. Irgendwer hatte die Reifen abmontiert und die Scheiben eingeschlagen. Dahinter erhob sich eine bröckelige Mauer, die über und über mit knallbunten Graffiti bedeckt war.

So etwas, dachte sie, war in ihrem noblen Stadtteil Frogner, in dem auch die Odins gate lag, undenkbar. Frogner erstreckte sich träge und behaglich zwischen Frognerpark und Königsschloss, während es im Süden von der Uferpromenade mit ihrem Yachthafen begrenzt wurde. Dort gab es prächtige und vor allem frisch gestrichene Villen und Stadthäuser, in denen auch die ausländischen Botschaften residierten. Dort sammelte sich kein Müll im Rinnstein. Dort sahen die Leute elegant und gepflegt und vorwiegend norwegisch aus. Hier jedoch, im heruntergekommenen Dreieck zwischen Tøyen, Grønland und Galgeberg, hatte Franziska fast den Eindruck, einen anderen Kontinent betreten zu haben, so viele verschleierte Frauen hatte sie bereits gesehen.

Für Alexander eine willkommene Gelegenheit zu beweisen, dass nicht nur Elias über eine profunde Allgemeinbildung verfügte: »Wisst ihr, warum das hier Galgeberg heißt?«

Dreifaches Kopfschütteln.

»Weil hier im Mittelalter ein Galgen stand, an dem die Verbrecher gehängt wurden.« Lukas schüttelte sich. Elias grinste und machte eine vielsagende Handbewegung.

»Aber ich wollte euch ja noch das hässlichste Gebäude der ganzen Stadt zeigen«, fuhr Alexander fort.

»Noch hässlicher als die anderen?«, fragte Franziska.

»Wart's ab!«

Sie schlenderten die Jens Bjelkes gate entlang und bogen nach rechts in die Borggata ab, als Franziska abrupt stehen blieb und rief: »Oh, Mann, was ist das denn?«

Alexander nickte zufrieden. »Drei Mal dürft ihr raten!«

Vor ihnen erhob sich ein riesiger und gigantisch hässlicher Gebäudekomplex in verschiedenen

Grautönen: aschgrau, bleigrau und steingrau. Wenn man näher hinsah, konnte man eine unendliche Zahl kleiner quadratischer Einheiten erkennen, die dem trostlosen Gebäuderiegel eine monotone Struktur verliehen.

»Kann sich nur um ein Gefängnis handeln«, sagte Franziska.

Lukas nickte. »Wahrscheinlich für Schwerverbrecher.«

»Knapp daneben«, entgegnete Alexander. »Das ist der Arbeitsplatz meines Vaters.«

Ungläubiges Staunen. Entgeisterte Blicke.

»Seit wann arbeitet dein Vater denn im Gefängnis?«, fragte Lukas.

»Tut er gar nicht, das ist das Polizeipräsidium«, antwortete Alexander. »Unser Kreisgefängnis liegt gleich da drüben. Ist aber geradezu ein Palast dagegen.«

Alexander hätte seinem Vater zu gern einen Überraschungsbesuch abgestattet, aber die Besuchsvorschriften des Präsidiums waren einfach zu streng, als dass sie dort mir nichts, dir nichts hätten aufkreuzen können. Außerdem war das Dienstzimmer seines Vaters so unspektakulär und spartanisch eingerichtet, dass seine Freunde eher enttäuscht gewesen wären.

Also folgten sie Elias' Vorschlag, sich irgendwo »etwas zu essen« zu besorgen, was bei ihm gleichbedeutend mit Süßigkeiten oder Kuchen war. Sie hatten schon seit einiger Zeit vergeblich nach einer Bäckerei Ausschau gehalten, als sie nahe der sogenannten Graubeinhöfe ein pakistanisches Lebensmittelgeschäft entdeckten, das ein akzeptables Schokoladensortiment besaß. Genauer gesagt mussten sie sich zwischen Bamsemums – den kleinen Schokoschaumbären, die so schön zwischen den Zähnen klebten –, Kvikklunsj und Freia-Milchschokolade entscheiden.

»Gar nicht so einfach«, murmelte Elias, der unschlüssig vor dem Regal an der hinteren Wand stand und vermutlich seine Lieblingsprodukte vermisste. Alexander wollte die Sache gerade in die Hand nehmen, aber dazu kam es nicht mehr.

Das Erste, was er hörte, war das Trampeln von Stiefeln. Dann stürmten zwei Männer mit lautem Geschrei in den Laden. Über ihre Köpfe hatten sie sich Clownmasken gestülpt, wie beim Fasching. Alexander reagierte blitzschnell und zog seine Freunde hinter eine Gefriertruhe. Mit wild pochenden Herzen gingen sie in Deckung und zogen die Köpfe ein. Das kleine Geschäft schien von einem Erdbeben erschüttert zu werden, als einer der Clowns wie ein Berserker die Waren aus den Regalen fegte. Marmeladengläser zerplatzten auf den Steinfliesen, Kartons mit Waschpulver brachen auf, worauf das weiße Pulver über den Boden schoss. Alexander spähte atemlos über den

Rand der Gefriertruhe hinweg. Der andere Clown hielt dem pakistanischen Ladenbesitzer ein Messer an die Kehle und zwang ihn, die Kasse zu öffnen. Mit raschen Bewegungen riss er Scheine und Münzen heraus und stopfte alles in einen schwarzen Beutel. Dann brüllte er: »Raus hier!«, und schleuderte den Ladenbesitzer gegen einen Zeitungsständer. Mitsamt der Beute und seinem Kompagnon rannte er auf die Straße.

Der ganze Überfall hatte kaum länger als eine Minute gedauert. Zitternd rappelte der Pakistaner sich auf. Lukas und Franziska eilten ihm auf wackligen Beinen zu Hilfe, während Elias sich für Bamsemums entschied und Alexander in Windeseile an der Ladentür war. Er blickte rasch die Straße hinunter. Dann zog er sein Handy aus der Hosentasche, wählte die Kamerafunktion, streckte den Arm aus und drückte auf den Auslöser. Danach tippte er die Durchwahl seines Vaters.

Kapitel 9

Kommissar Ohlsen wusste aus langjähriger Erfahrung, dass der Zufall bei der Aufklärung von Verbrechen oft eine wichtige Rolle spielt. Hätten die beiden Ganoven bemerkt, dass sie beobachtet wurden, hätten sie sich nicht beim Hinauslaufen die Clownmasken vom Kopf gerissen. Da sie dies aber taten, um auf der Straße kein Aufsehen zu erregen, konnte Alexander seinem Vater schon Sekunden nach dem Raubüberfall folgende Täterbeschreibung durchgeben:

Zwei junge Männer, einer circa 1,90 Meter groß, blond, blaue Jeans, schwarzer Kapuzenpullover. Der andere einen Kopf kleiner, dunkle lockige Haare, schwarze Jeans, graue Helly-Hansen-Windjacke. Beide in schwarzen Stiefeln. Vermutlich Norweger, zumindest kein ausländischer Akzent erkennbar. Beim Größeren unterhalb des linken Ohres ein braunes Muttermal – das hatte Alexander erkannt, als er über den

Rand der Tiefkühltruhe gespäht hatte. Beide waren in Richtung Motzfeldt gate geflüchtet.

Außerdem hatte Alexander seinem Vater per MMS das Foto übermittelt, das die flüchtenden Männer von hinten zeigte.

Ohlsen hatte sofort zwei Einsatzwagen an den Ort des Geschehens beordert. Im ersten saßen zwei Streifenbeamte, die in Kenntnis von Alexanders Beschreibung und im Besitz seines Fotos die Verfolgung der Täter aufnahmen, solange die Spur noch heiß war. Den anderen steuerte seine Kollegin Nina Holmberg, die er beauftragt hatte, die vier Teenager unverzüglich zu ihm ins Präsidium zu bringen. Sicher ist sicher, dachte er sich. Den pakistanischen Ladenbesitzer, Herrn Jahangiri, konnten sie später noch befragen.

»Und ihr seid sicher, dass die Männer euch nicht gesehen haben?«, fragte Ohlsen seine vier Augenzeugen, die sich in dem kleinen Büro auf zwei Besucherstühle quetschen mussten.

»Die konnten uns nicht sehen, weil wir ganz hinten bei den Süßigkeiten standen«, antwortete Alexander. »Da macht der Laden einen Knick nach rechts. Die dachten bestimmt, dass gerade niemand drin ist.«

Ohlsen nickte bedächtig und versuchte zu überspielen, dass ihm immer noch der Schreck in den Gliedern steckte. Nicht auszudenken, wenn Alexander und seine Freunde entdeckt worden wären. Bei Typen, die so entschlossen und brutal vorgingen, war es nicht auszuschließen, dass sie auch Kinder angegriffen hätten.

»Was sind das für Männer, die so was machen?«, wollte Lukas wissen.

»Das ist schwer zu sagen. Da der Inhaber Pakistaner ist, handelt es sich vielleicht um Täter, die was gegen Ausländer haben. Die sie tyrannisieren und demütigen wollen, um ihnen zu zeigen, dass sie hier in Norwegen nichts verloren haben. Dazu würde auch passen, dass der andere den Laden verwüstet hat, aber das ist natürlich nur eine Vermutung.«

»Ich glaube, die wollten den Ladenbesitzer nur einschüchtern, damit er das Geld rausrückt«, sagte Elias.

Ohlsen hob die Augenbrauen. »Ja, in der Regel ist das ein Teil ihrer Strategie. Du bist ein kluger Junge, Elias.«

Elias nickte, als höre er da nichts Neues.

»Jedenfalls habt ihr euch genau richtig verhalten«, fuhr Ohlsen fort, »und ich bin froh, dass die Sache so glimpflich ausgegangen ist. Nur das mit dem Foto, Alex, das hättest du wirklich nicht riskieren dürfen«, fügte er mit mildem Tadel hinzu.

»Wieso, ist doch ganz gut geworden?«

»Du weißt genau, wie ich das meine. Stell dir vor,

einer der beiden hätte sich umgedreht, als du sie fotografiert hast. Ich will mir gar nicht vorstellen, was dann hätte passieren können.«

»Wenn ihr die beiden nun schnappt, weil ihr das Foto habt, kriege ich dann eine Belohnung?«, fragte Alexander hoffnungsvoll.

»Tja, im Nachhinein werden für sachdienliche Hinweise eigentlich keine Belohnungen ausgesetzt«, antwortete sein Vater. »Aber ein gemeinsames Pizzaessen mit deinen Freunden könnte dabei schon herausspringen … sagt mal, hättet ihr vielleicht Lust, in einem Polizeiauto mitzufahren?«

Frenetisches Nicken.

»Dachte ich mir.« Ohlsen griff zum Telefonhörer und drückte eine Taste. »Äh, Nina, meinetwegen kannst du für heute Schluss machen. Du müsstest nur vorher noch die Kinder nach Hause … wolltest du sowieso? Wunderbar! Und vielleicht ist unten in der Kantine ja auch noch ein bisschen Eis in der Tiefkühltruhe … bitte? Svendsen soll sich nicht so anstellen, der Geizhals! Natürlich geht das auf mich.« Ohlsen verdrehte die Augen. »Danke für das Angebot, aber ich nehme später das Kajak, ciao!«

Zwei Minuten später schaute Ninas fröhliches Gesicht zur Tür herein. »Also meinetwegen können wir dann.«

Kapitel 10

Franziska, die vorne saß, hatte das Gefühl, als schwebe die geräumige Limousine mit den roten und blauen Streifen über den nassen Asphalt. Die drei Jungs tuschelten und kicherten auf der Rückbank. Ab und zu knisterte der Polizeifunk. Nina blickte zu Franziska hinüber und lächelte sie kurz an, wusste aber offenbar nicht, was sie sagen sollte. Franziska lächelte schweigend zurück. Alles kam ihr so unwirklich vor. Hier, hinter den dicken Scheiben des Polizeiautos, war ihr Oslo fremder denn je. Als gleite sie in einem Raumschiff durch eine unbekannte Galaxie. Was hatte das alles mit ihr zu tun? Sie fühlte sich wie aus der Zeit gefallen, als schwebe sie durch einen rätselhaften Kosmos, der von den seltsamsten Geschöpfen bevölkert wurde: einem pakistanischen Ladenbesitzer mit langem Bart und grüner Schürze, Verbrechern mit Clownmasken, einem Kriminalkommissar, der mit dem Kajak zur Arbeit fuhr, versteinerten Tigern … das reinste Irrenhaus! Es hätte sie nicht gewundert, wären ihr zur Krönung des Tages noch ein paar Kugeln um die Ohren geflogen, weil sie mitten in eine Gangsterjagd hineingerieten.

Erschöpft schloss Franziska die Augen und fragte sich einmal mehr, ob man sich dieses ganze eigenartige und anstrengende Leben nicht irgendwie auf Distanz halten könnte. Ob einen das nicht gegen Schmerz, Trauer und Heimweh wappnen würde. Aber alle Empfindungen auszublenden war wohl auch keine Lösung.

Als Franziska die Augen wieder öffnete, rollten sie bereits durch das vertraute Frogner, und das Gefühl der Unwirklichkeit verflog. Sie setzten Elias zu Hause und Alexander an der Haltestelle ab, nachdem dieser drei Mal versichert hatte, »auf den letzten Metern« nun wirklich den Bus nehmen zu können. Nächste Station Odins gate.

Da wie immer keine Parklücke frei war, stellte Nina den Polizeiwagen einfach auf der Straße ab und blockierte damit ein rotes Sportauto. »Bin mal gespannt, ob ich einen Strafzettel kriege«, sagte sie lapidar. Dann stiegen sie aus und Franziska schloss ihnen die Tür zu dem düsteren Treppenhaus auf. Gemeinsam nahmen sie die ausgetretenen Holzstufen mit dem verzierten Geländer in Angriff, die in den dritten Stock hinaufführten.

»Ist jemand bei euch zu Hause?«, fragte Nina.

»Kann schon sein«, antwortete Lukas und deutete auf ihre Wohnungstür. »Da vorne!«

Die Polizistin, die sehr mädchenhaft wirkte und keinen Tag älter als zwanzig aussah, drückte auf die Klingel unter dem Namen Fischer. Dann nahmen sie Aufstellung – Nina in der Mitte, Lukas zur Rechten, Franziska zur Linken – und machten ein freundliches Gesicht, als sollten sie fotografiert werden. Von drinnen waren ein paar rasche Schritte zu hören. Die Tür schwang auf. Claudia Fischer sah sie mit großen Augen an.

»Hallo, Mama!«, sagte Lukas.

»Das ist Nina«, fügte Franziska hinzu.

Da ihrer Mutter immer noch der Mund offen stand, setzte die junge Frau mit dem leuchtend blauen Polizeihemd zu einer Erklärung an: »Guten Tag, Frau Fischer. Mein Name ist Nina Holmberg von der Kriminalpolizei. Im Auftrag von Kommissar Ohlsen bringe ich Ihnen Ihre Kinder zurück. In Grønland hat heute ein Raubüberfall auf ein Lebensmittelgeschäft stattgefunden und ihre Kinder waren gewissermaßen daran beteiligt …«

»Meine Kinder haben einen Laden überfallen?«, rief Claudia schockiert.

»Aber nein, sie haben nur die Täter beobachtet und danach eine Aussage bei der Polizei gemacht. Alles in bester Ordnung. Wenn Kommissar Ohlsen noch weitere Fragen hat, wird er bestimmt auf Sie zukommen. Sie haben übrigens sehr nette Kinder. Also macht's gut, ihr beiden!« Mit diesen Worten drückte sie Lukas und Franziska kurz an sich, bevor sie auf dem Absatz kehrtmachte und mit wippendem Pferdeschwanz die Stufen hinuntertänzelte.

Claudia schien immer noch nicht recht zu wissen, wie sie mit der Situation umgehen sollte. »Ist euch auch wirklich nichts passiert?«, fragte sie besorgt.

»Alles noch dran«, entgegnete Lukas.

»Tja, äh, dann kommt mal rein«, sagte seine Mutter zögernd.

»Ist was, Mama?«, fragte Franziska.

»Nein, nein, das kommt nur alles … ein bisschen überraschend«, murmelte sie.

»Ich hab einen tierischen Durst«, sagte Lukas und wollte gerade in die Küche flitzen, als seine Mutter ihn am Ärmel festhielt. »Nicht so schnell, ich muss euch erst mal was …«

In diesem Moment erblickte Franziska an ihrer Garderobe ein unbekanntes Kleidungsstück. »Wem gehört denn die Lederjacke?«, fragte sie.

»Die gehört mir!«

Blitzartig fuhren ihre Köpfe herum.

Auf der Schwelle zur Küche war ein Mann erschienen, der etwa so alt wie Claudia sein mochte, vielleicht ein paar Jahre jünger. Franziska starrte auf sein blütenweißes Hemd, das er betont lässig über einer verwaschenen Jeans trug. Die beiden oberen Hemdknöpfe waren geöffnet und entblößten ein paar lockige Brusthaare. Auf der hohen Stirn trug er eine Sonnenbrille, warum auch immer. Hier drinnen brauchte er sie jedenfalls nicht, und der Sommer war definitiv vorbei. Mit breitem Lächeln kam er auf sie zu und streckte ihnen seine gebräunte Hand entgegen: »Das ist ja schön, dass ich euch endlich kennenlerne. Ich bin Leif.« Doch weder Lukas noch Franziska waren dazu aufgelegt, diesem Fremden in ihrer Wohnung die Hand zu schütteln. Leif zog die Hand wieder zurück und fuhr sich mit verlegenem Lachen durch seine spärliche Haarpracht.

Franziska kam sich vor wie im falschen Film. Was meinte der Typ mit »endlich«? Dann fiel es ihr wie Schuppen von den Augen. Das setzte diesem denkwürdigen Tag wirklich die Krone auf. Was niemals hätte passieren dürfen, war eingetreten. Ihre Mutter hatte sich diesen Kerl angelacht, einen Blödmann und Angeber, das erkannte sie auf den ersten Blick.

Kapitel 11

»Dieser Schwachkopf hat mir auf Facebook seine Freundschaft angeboten«, empörte sich Franziska.

»Mir auch«, sagte Lukas. »Was hast du gemacht?«

»Abgelehnt! Und du?«

»Ignoriert.«

Seit Tagen war alles anders. Davon abgesehen, dass sowieso nichts mehr war, wie es war, hatten sie nun auch noch ein ernstes Problem. Das Problem hatte einen Namen: Leif. Und zu diesem Namen gehörte eine schlichte Gleichung: Leif = Oslo. Schlussfolgerung: Solange es Leif gab, konnten sie sich die Rückkehr nach München abschminken.

»Der soll sich verpissen, der Penner!«

Lukas hatte seine Schwester schon immer für ihre klare Ausdrucksweise bewundert. »Ich glaube aber nicht, dass er freiwillig abhaut«, gab er zu bedenken.

»Dann müssen wir eben ein bisschen nachhelfen.«

»Und wie sollen wir das anstellen?«

Das war natürlich die entscheidende Frage, auf die selbst Franziska spontan keine Antwort einfiel. Nicht dass sie das erste Mal mit einem Mann konfrontiert gewesen wären, der ein Auge auf ihre Mutter geworfen hatte. Davon hatte es auch in München schon einige Exemplare gegeben, doch früher oder später hatte sich das »Problem« stets von selbst gelöst.

»Ist ja auch kein Wunder, dass die Kerle auf Mama abfahren«, sagte Franziska. »Die stehen auf so kleine fröhliche Blondinen.«

»Meinst du echt?«

»Natürlich. Das weckt ihren Beschützerinstinkt«, erklärte Franziska mit überlegener Miene. Lukas war nicht ganz wohl bei dem Thema. Zum einen wusste er wenig über Beschützerinstinkte, zum anderen schien seine Schwester geheime Kenntnisse zu besitzen, die ihm selbst verborgen waren. »Kannst du dich noch an den Glatzkopf erinnern, den Mama im Schwimmbad kennengelernt hat?«, fragte er.

»Du meinst Ralf, der ständig an seinem Auto rumgeschraubt hat?«

»Genau, Ralf, der große Mechaniker«, antwortete Lukas. »Der wollte mal mein Fahrrad reparieren, danach fuhr's gar nicht mehr.«

»Und unseren alten Fernseher hat er auch auf dem Gewissen. Am Ende hat Mama einen neuen gekauft – mit HD! Hat sich eigentlich doch gelohnt.«

»Stimmt. Danke für den Fernseher, Ralf!«, sagte Lukas mit übertriebener Betonung.

»Danke, Ralf – du Niete!«, sagte Franziska. »Und dann Stefan, der Architekt ...«

»Ach, den gab's doch nur ganz kurz«, fiel ihr Lukas ins Wort. »Kann mich kaum an ihn erinnern. Enrico war eigentlich ganz nett.«

»Absolut. Nur Skifahren konnte er gar nicht. Weißt du noch, wie er in Kitzbühel ins Lifthäuschen reingerast ist?«

Lukas kugelte sich vor Lachen. »Wir hätten ihm vorher halt mal zeigen sollen, wie das mit dem Bremsen geht.«

»Armer Enrico«, sagte Franziska mit gespieltem Mitleid. »Dabei sah er vorher gar nicht so übel aus.«

So ließen sie eine Reihe von Männern Revue passieren, die in den letzten Jahren vorübergehend ihre Existenz gestreift hatten, bevor sie aus unerfindlichen Gründen wieder von der Bildfläche verschwunden waren. Sie waren wie Zugvögel gewesen, die sich eine Zeit lang bei ihnen niedergelassen hatten, ehe sie erneut aufbrachen, um das eigentliche Ziel ihrer Reise in Angriff zu nehmen.

Und jetzt war also dieser Leif zu ihnen ins Haus geflattert, der machen sollte, dass er weiterflog. Heute Abend würden sie ausgiebig Gelegenheit haben, ihm eine gute Reise zu wünschen, denn heute Abend, so die schockierende Nachricht des Tages, hatte ihre Mutter ihn zum Essen eingeladen.

Als es um drei nach sieben an der Tür klingelte, war das wie ein Stromstoß, der die gesamte Wohnung elektrisierte. Auf dem Esstisch im Wohnzimmer, das ungewöhnlich ordentlich aussah, standen frische Blumen. Franziska beobachtete durch den Spalt ihrer Zimmertür, wie ihre Mutter per Knopfdruck die Haustür entriegelte und sich die Haare zurechtzupfte. Knarrende Schritte hallten durchs Treppenhaus. Der Countdown lief.

Mit Argusaugen verfolgte Franziska die Begrüßungsszene: Ihre Mutter ließ sich ein wenig unbeholfen umarmen und revanchierte sich mit einem flüchtigen Kuss auf die Wange. Dann zog Leif mit großer Geste eine einzelne rote Rose hinter seinem Rücken hervor und hielt sie der Frau seines Herzens wie das Geschenk des Jahrhunderts entgegen. *Geizhals!* Scheu wie ein junges Mädchen nahm ihre Mutter das Jahrhundertgeschenk in Empfang und begab sich sogleich auf die Suche nach einem würdigen Gefäß. Leif trug blaue Chucks, eine beigefarbene Cargohose, ein Jeanshemd Marke extrakernig sowie die bekannte Lederjacke. Obwohl es inzwischen Anfang Oktober war, zeigte seine Haut frische Sonnenbräune. Franziska tippte auf eine Jahreskarte fürs Solarium. Als er sich unbeobachtet glaubte, trat er rasch vor den Spiegel neben der Garderobe und fuhr sich mit beiden Händen wie wild über den Kopf, der danach aussah wie eine struppige Klobürste. Vermutlich war dieser Strubbel-Look die einzige Möglichkeit, seinem schütteren Haaren den Anschein einer gewissen Fülle zu verleihen. Dann räusperte er sich und betrat die dampfende Küche, in der ihre Mutter gerade eines der beiden Gerichte zubereitete, die sie leidlich beherrschte: Spaghetti carbonara.

Als sie sich wenig später um den Esstisch geschart hatten, kannte seine Begeisterung keine Grenzen. »Mmh, ist das lecker! Ihr wisst ja gar nicht, was ihr für ein Glück habt, Kinder, dass eure Mutter so eine fantastische Köchin ist!«

»Dabei kennst du ihre größte Spezialität noch gar nicht«, entgegnete Franziska mit ihrem süßesten Lächeln.

»Und die wäre?«, fragte Leif neugierig.

»Milchreis«, antwortete Lukas.

»Erzähl den Kindern doch mal, was du beruflich so alles gemacht hast, Leif«, schaltete sich Claudia rasch ein, »das ist bestimmt interessant für sie. Leif ist nämlich ein echter Selfmademan.«

»Ein was?«, fragte Lukas.

»Ein armer Schlucker, der sich hochgearbeitet hat«, erklärte seine Schwester.

»Franziska!«, rief Claudia mit bösem Blick.

»Nein, lass nur«, sagte Leif. »Die Beschreibung ist gar nicht so verkehrt. Hochgearbeitet habe ich mich tatsächlich. Waren ganz schön harte Zeiten, das könnt ihr mir glauben …«

Und so erfuhren sie die ebenso traurige wie staunenswerte und abenteuerliche Geschichte des armen kleinen Leif, der nach dem frühen Verlust seiner Eltern mit sechzehn Jahren zur See gefahren war, sich als Tellerwäscher in Brasilien mühselig über Wasser gehalten hatte und nach einem Schlangenbiss fast krepiert wäre, hätte ihm ein Indio nicht persönlich das Gift aus dem Bein gesaugt. Später war er dann nach Norwegen zurückgekehrt, hatte in den verschiedensten Branchen gearbeitet und mit einem alten Kumpel einen Import-Export-Handel eröffnet, der ihm einen Haufen Geld einbrachte. Einen Großteil dieses Geldes hatte er im Zuge der großen Finanzkrise wieder verloren; glücklicherweise seien die Rücklagen aber immer noch so groß, dass er im Moment nicht zu arbeiten brauche.

»Ich habe gelernt, die Dinge auf mich zukommen zu lassen und das Leben zu genießen«, schloss er. »Und seit ich eure Mutter kenne, genieße ich das Leben natürlich umso mehr«, fügte er hinzu und tätschelte ihr verliebt die Hand.

Claudia errötete leicht und schaute unsicher zwischen ihren Kinder hin und her. Lukas knabberte an seiner Unterlippe und starrte unverwandt auf die karierte Tischdecke. Franziskas Blick ging ins Leere. Sie überlegte fieberhaft, wie man diesem geschwätzigen Tausendsassa, der sich offenbar für eine Mischung aus Brad Pitt und Marco Polo hielt, nur begreiflich machen konnte, dass er bei den Indios im brasilianischen Urwald weitaus besser aufgehoben war als bei ihnen in der Odins gate, Schlangen hin oder her.

Kapitel 12

Freitags fuhr Kommissar Ohlsen immer besonders gern zur Arbeit. Schon vor Jahren hatte er sich angewöhnt, jeden Freitag, quasi als Einstimmung aufs Wochenende, das Kajak zu nehmen. Es war eben ungleich anregender und erfrischender, die Nase in den Wind zu halten und wenige Zentimeter über der Wasseroberfläche dem Präsidium entgegenzugleiten, als sich Stoßstange an Stoßstange durch den stinkenden Morgenverkehr zu schieben.

Zudem wusste Ohlsen nicht, wie oft ihm dieses etwa halbstündige Vergnügen noch vergönnt war, ehe der Frost den Fjord in eine starre Eiswüste verwandeln würde, die nur von den großen Fähren sowie den Pendelschiffen von und nach Nesodden befahren werden konnte. Eisbrecherkajaks waren leider noch nicht erfunden worden, und so spielte Ohlsen, als er an diesem Morgen *Mr Spock* zu Wasser ließ, allen Ernstes mit dem Gedanken, sich einen Eissegler zu-

zulegen, um auch im Winter den direkten Weg über das Meer nehmen zu können. Der Name Mr Spock prangte in geschwungener türkisfarbener Schrift auf seinem gelben Boot, da Ohlsen ein eingefleischter *Star Trek*-Fan war und sämtliche Folgen als DVDs besaß.

Während er auf den kleinen Dyna-Leuchtturm zuhielt, der wie ein Männchen mit roter Mütze im Wasser stand, nahmen seine Gedanken eine andere Richtung. Er dachte an die Sitzung unter der Führung von Dezernatsleiterin Liv Eriksen, die für 10 Uhr anberaumt war. Dort würde er Rechenschaft ablegen müssen über den Stand der Ermittlungen, die jüngsten Einbrüche betreffend. Das war zwar nichts Besonderes, zumal sein Bericht angesichts der spärlichen Indizienlage ziemlich kurz ausfallen würde. Was ihm jedoch eine gewisse Sorge bereitete, war sein junger Kollege Bjarne, der das Gesicht eines Maulwurfs hatte und ihm bei solchen Anlässen in letzter Zeit gehörig auf die Nerven ging. Ohlsen hielt Bjarne, der vergangenes Jahr aus dem dänischen Silkeborg zu ihnen gekommen war, für einen übereifrigen Streber, der es sich offenbar zum Ziel gesetzt hatte, noch vor ihm selbst zum Hauptkommissar befördert zu werden und sich als Kronprinz von Liv Eriksen in Stellung zu bringen. Was Ohlsen aber fast am meisten ärgerte, war die Tatsache, dass Liv bisher nicht das

Geringste unternommen hatte, um den Jungspund in die Schranken zu weisen.

Bin schon gespannt, was für Unterstellungen und Unverschämtheiten ich mir heute anhören muss, dachte Ohlsen, als zur Linken das majestätische Operngebäude in sein Blickfeld geriet, das weit in die Bucht Bjørvika hineinragte und mit seinen gleißend weißen Marmorflächen wie ein treibender Eisberg aussah. Schräg gegenüber der Oper, am Sørengkai, gab es eine geeignete Anlegestelle. Von einem der Hafenarbeiter hatte er sich vor einiger Zeit den Schlüssel zu einem Schuppen besorgt, in dem er jederzeit sein »Dienstkajak« unterstellen konnte – wofür er sich mit großzügigen Spenden an die Kaffeekasse revanchierte.

Ohlsen öffnete die Spritzdecke, schwang elegant die Beine zu beiden Seiten aus dem Cockpit und rauschte mit einem letzten Paddelschlag auf den winzigen, kaum drei Armlängen breiten Kiesstrand zwischen zwei steilen Spundwänden, von dem nur er wusste. Er schulterte Mr Spock, der über fünf Meter lang war, manövrierte ihn mit traumwandlerischer Sicherheit zwischen Stahlstreben und Containern hindurch bis zu seinem Schuppen, öffnete mit einer Hand die Tür und wuchtete das gelbe Ungetüm auf einen Tapeziertisch, den er zu diesem Zweck auf zwei Holzböcken aufgebaut hatte. Aus der Luke zog er seinen Rucksack, entledigte sich des Goretex-Trockenanzugs, den er über der Jeans trug, rubbelte sich mit einem Handtuch notdürftig die schwarzen Haare trocken und streifte ein frisches T-Shirt über. Dann machte er sich erfrischt und von neuem Optimismus erfüllt an den fünfzehnminütigen Fußmarsch in Richtung Präsidium.

* * *

Im Konferenzraum herrschte bereits reges Treiben, als Ohlsen um fünf vor elf eintrat, mit lockerer Geste in die Runde grüßte und seinen angestammten Platz neben Nina Holmberg einnahm. Er schenkte sich einen Kaffee ein und warf betrübte Blicke auf das kümmerliche Kekssortiment, das aus einer Handvoll Vollkornplätzchen bestand, die in der Mitte des Tischs auf einem weißen Teller lagen. Er hasste dieses steinharte Vollkorngebäck, an dem man sich die Zähne ausbiss – auch dieses Thema sollte er mit Liv mal unter vier Augen besprechen.

Außer Liv, Bjarne und Nina hatten sich noch Kommissar Magnus Gustavsen sowie Polizeipsychologe Kjell Nygaard eingefunden. Das kann ja heiter werden, dachte Ohlsen und legte den Kopf auf die Seite, weil er immer noch ein wenig Salzwasser im Ohr hatte. Nygaard war dafür bekannt, die abenteuerlichsten Täterprofile zu erstellen, und galt im gesamten Präsidium als Fehlbesetzung erster Güte. Aufgrund seiner entfernten Verwandtschaft mit dem Polizeipräsidenten wagte jedoch niemand, dies offen auszusprechen. Wenn Nygaard irgendeine Fähigkeit besaß, dann die, seine ermittelnden Kollegen auf die falsche Fährte zu führen. Ohlsen hatte im Lauf der Jahre eine eigene Strategie entwickelt, um sich Nygaards abgrundtiefe Unfähigkeit zunutze zu machen. Er nahm einfach das Gegenteil von dem an, was dieser prognostizierte. Wenn Nygaard den mutmaßlichen Täter beispielsweise als groß gewachsenen Farbigen aus armen Verhältnissen beschrieb, dann standen die Chancen gut, dass es sich in Wahrheit um einen steinreichen weißen Zwerg handelte.

»Wie ihr alle wisst«, begann die Dezernatsleiterin, »hat es einen weiteren Einbruch unserer Schoko-Scherzkekse gegeben, und wieder ist eine Familie betroffen, die sich zum Zeitpunkt des Einbruchs im Urlaub befand. Gibt es irgendwelche Spuren, Nils?«

»Im Gegensatz zu dem anderen Einbruch derselben Art haben wir zumindest ein paar Reifenspuren im Husebyskogen gesichert sowie verschiedene Fußabdrücke in der weichen Erde, die wahrscheinlich von den Tätern stammen. Das Vielversprechendste in dieser Hinsicht ist ein Fetzen Jeansstoff, den wir am Maschendrahtzaun hinter dem Haus sichergestellt haben. Vermutlich ist einer der Täter mit seiner Hose am Zaun hängen geblieben.«

»Wie sieht's mit DNA-Spuren aus?«

»Wird gerade untersucht. Hoffen wir mal, dass sich ein paar Hautpartikel an dem Stoff befinden«, antwortete Ohlsen.

»Und, Kjell, schon eine Idee, wer für solche Einbrüche infrage kommt?«, fragte die Dezernatsleiterin der Ordnung halber.

»Wenn wir uns in das Wesen eines Verbrechers hineinversetzen«, dozierte der Polizeipsychologe, »dann müssen wie uns vor Augen führen, dass wir es möglicherweise mit einem Menschen zu tun haben, der in seiner Entwicklung gestört und dessen Seele auf die eine oder andere Art deformiert wurde.«

Ohlsen fragte sich, was wohl Nygaards Entwicklung gestört haben mochte.

»Wir dürfen also auch sein Verhalten nicht nach normalen Kriterien beurteilen. Wenn der Einbrecher am Tatort Schokolade oder Pralinen zurücklässt, dann tut er dies nicht, weil er sich über seine Opfer lustig machen will.«

»Nicht?«, fragte Nina, die schon gespannt auf die Fortsetzung war.

Nygaard lächelte überlegen. »Aber nein! Er tut es, weil er sich in seiner verqueren Weltsicht einbildet, seinen Opfern wirklich etwas Gutes zu tun und sie in gewisser Weise für das entstandene Unrecht zu entschädigen.«

»Und warum sollte er seinen Opfern etwas Gutes tun wollen?«, fragte Nina weiter.

»Um sich selbst zu entlasten. Denn tief in seinem Innern hat der Einbrecher sehr wohl ein Gefühl für das Unrecht, das er begeht. Und die Entlastung seiner selbst ist dann am wirkungsvollsten, wenn er seinem Opfer etwas gönnt, das ihm selbst stets versagt wurde.«

»Was soll das schon wieder bedeuten?«, fragte die Dezernatsleiterin skeptisch.

»Das bedeutet, dass der Täter sich gewissermaßen mit seinem Opfer identifiziert und ihm das schenkt, wonach er sich selbst sehnt beziehungsweise in seiner Kindheit gesehnt hat«, erklärte Nygaard. »Wenn er die Opfer seiner Einbrüche mit Schokolade versorgt, deutet dies darauf hin, dass er in seiner Kindheit unter einem Mangel gelitten hat. Kurz gesagt: Ich tippe auf ein Waisenkind.«

Liv Eriksen verschluckte sich an ihrem Kaffee und bekam einen Hustenanfall. Nina musste sich beherrschen, um nicht lauthals loszulachen. Ohlsen, der selten einen größeren Schwachsinn gehört hatte, fragte sich, was eigentlich das Gegenteil von einem Waisenkind war. Magnus Gustavsen schrieb wie immer alles fleißig mit. Nur Bjarne Madsen nickte ernst vor sich hin, als hielte er dies für eine plausible Theorie.

»Danke, vielen Dank für deine Einschätzung«,

krächzte Liv Eriksen, die sich die Luftröhre verbrüht hatte. »Das fügt unseren Ermittlungen in jedem Fall … eine ganz neue Facette hinzu.«

Nygaard bedankte sich mit einer kleinen Verbeugung.

»Wie steht es um den Raubüberfall auf den pakistanischen Lebensmittelladen?«, fragte die Dezernatsleiterin.

»Wir haben eine brauchbare Täterbeschreibung«, antwortete Ohlsen, »trotz der Clownmasken, die zur Tarnung benutzt wurden. Außerdem gibt es ein Handyfoto, das die Täter von hinten zeigt, allerdings aus ziemlich großer Entfernung.«

»Gib es Hinweise auf einen fremdenfeindlichen Hintergrund?«

»Eher nicht«, antwortete Ohlsen. »Für diese Theorie spricht einzig und allein die Tatsache, dass der Inhaber Pakistaner ist. Es hat in letzter Zeit auch vergleichbare Überfälle auf norwegische Läden gegeben. Von daher glaube ich nicht …«

»Das ist doch wieder typisch«, fiel ihm Bjarne ins Wort.

»Was soll das heißen?« Ohlsen war sofort auf hundertachtzig.

»Es ist typisch, dass ein fremdenfeindlicher Hintergrund von vornherein ausgeschlossen wird. Dabei zeigen alle Statistiken eine deutliche Zunahme rechtsradikaler Gewalttaten. Aber manche scheinen ja lieber ins Blaue hinein zu ermitteln, als die Täter dort zu suchen, wo sie leicht zu finden sind. Man könnte ja womöglich eine unliebsame Entdeckung machen.«

Ohlsen runzelte die Stirn und fragte sich, worauf Bjarne hinauswollte.

»Würdest du das bitte präzisieren«, forderte ihn Liv Eriksen auf. »Vage Andeutungen bringen uns hier nicht weiter.«

»Ach, ich … ähem … wollte natürlich niemandem was unterstellen«, ruderte Bjarne zurück.

»Hast du aber schon getan«, schaltete Ohlsen sich ein, »und jetzt wollen wir wissen, was du damit meinst.«

Auf Bjarnes Oberlippe zeichnete sich ein feiner Schweißfilm ab. »Ich wollte damit nur sagen, dass es jede Menge gewaltbereiter Leute mit fremdenfeindlicher Gesinnung gibt, zumal unter den jungen Menschen aus bildungsfernen Schichten, zum Beispiel in Grønland …« Er schaute unsicher zwischen Liv Eriksen und Ohlsen hin und her.

»Aus bildungsfernen Schichten, wie hübsch formuliert«, knurrte Ohlsen, der jetzt ahnte, worauf Bjarne anspielte. »Und du willst nicht etwa andeuten, dass meine Frau als Streetworkerin genau mit solchen bildungsfernen, gewaltbereiten Jugendlichen zusammenarbeitet und ich eben deshalb nicht in diese Richtung ermittele, weil ich keinen Ehekrach riskieren will?«, fuhr Ohlsen mit bedrohlichem Unterton fort.

»Äh, nicht direkt«, stammelte Bjarne.

»Nicht direkt?«, fragte Liv mit gehobenen Brauen.

»Ganz und gar nicht, wollte ich sagen. Ich möchte nur darauf hinweisen, dass mein Informant, der sich in der jungen rechten Szene umhört, sehr interessante Dinge zu berichten weiß.«

»Wenn das so interessante Dinge sind, dann stell doch bis Montag mal einen Bericht mit den bisherigen Informationen zusammen«, sagte die Dezernatsleiterin. »Dann können wir immer noch entscheiden, ob es sich lohnt, in diese Richtung zu ermitteln.«

Ausgezeichnete Idee, dachte Ohlsen und musste sich schwer zurückhalten, um seiner Vorgesetzten nicht Beifall auf offener Szene zu spenden. Endlich hatte sie dem dreisten Maulwurfgesicht aus der dänischen Provinz mal die Grenzen aufgezeigt. Nina war ganz seiner Meinung und streckte knapp unter der Tischkante ihren Daumen nach oben. Oberstreber Bjarne hatte eine hübsche Wochenendaufgabe aufgebrummt bekommen. Und wenn sich sein junger Kollege diesen geheimnisvollen Informanten nur ausgedacht hatte, um sich wichtig zu machen? Tja, lieber Bjarne, dann hast du wirklich ein Problem, dachte Ohlsen, der sich ausnahmsweise schon diebisch auf den Montag freute.

Kapitel 13

»Und dann sind wir volle Kanne die Christian Michelsens gate entlanggebrettert«, erzählte Lukas mit leuchtenden Augen. »Am Carl Berners Platz sprang die Ampel schon auf Rot um, aber Leif hat einfach das Gaspedal durchgedrückt – das war echt ein Wahnsinnsgefühl, als würde man fliegen!«

»Das darf doch wohl nicht wahr sein!« Franziska schlug sich fassungslos die Hand vor die Stirn, während sie in Richtung Schule unterwegs waren. »Da nimmt dich der Typ in seiner Sportkarre auf eine Spritztour mit, und schon frisst du ihm aus der Hand.«

»Warum bist du denn gleich so aggressiv?«, wehrte sich Lukas. »Darf ich nicht mal zu ihm ins Auto steigen?«

»Merkst du denn nicht, dass Leif hier eine ganz billige Nummer abzieht?« Franziska betonte jedes einzelne Wort und gestikulierte mit beiden Händen, als spräche sie mit einem Taubstummen.

»Was meinst du mit *billige Nummer?*«

»Dass er genau weiß, wie er Jungs wie dich beeindrucken kann. Dabei sollten wir uns lieber Gedanken machen, wie wir den Angeber wieder loswerden. Dass sich Mama in irgendeinen Knallkopf verguckt, war ja fast zu erwarten, aber wir beide, Lukas« – sie packte ihren Bruder an den Schultern und sah ihm tief in die Augen –, »*wir* müssen einen kühlen Kopf bewahren, sonst sitzen wir für alle Zeiten hier oben bei den Elchen fest.«

Bei den Elchen, das war immer ihre Umschreibung für Oslo gewesen, obwohl sie hier noch keinen einzigen Elch erblickt hatten. Franziska musste an einen Fernsehfilm denken, den sie mal in Deutschland gesehen hatte. Der hatte von den Lappen in Nordnorwegen gehandelt, die man heutzutage Samen nannte, weil irgendjemand plötzlich eingefallen war, dass Lappen eigentlich ein Schimpfwort ist. Vielleicht wollte man auch eine Verwechslung mit Putzlappen vermeiden. Allerdings war das Wort Samen ja wohl auch nicht eindeutiger. Und warum die Gegend, in der die Samen lebten, immer noch Lappland und nicht Samland hieß, war natürlich auch nicht erklärt worden. Alles komplett unlogisch, dachte sie, aber egal. Jedenfalls hockten diese Samen, die allesamt Rentierzüchter waren, dort oben in der Pampa und ließen sich in ihren bunten Trachten von den Touristen fotografieren, die alle Jubeljahre mal vorbeikamen. Ansonsten schmusten sie mit ihren Rentieren, jodelten besser als jeder Alm-Öhi und blickten schweigend in die Ferne.

Und wenn wir jetzt nicht höllisch aufpassen, dachte Franziska, dann blüht uns später einmal dasselbe Schicksal. Dann würde sie vielleicht eines Tages einen norwegischen Samen kennenlernen, der sie an den Polarkreis verschleppte. Und während ihre Freundinnen in einem Münchner Biergarten saßen oder im Starnberger See schwammen, würde sie bis ans Ende ihrer Tage mit einer Ohrenklappenmütze in den Blaubeeren hocken und bei jeder Gelegenheit diesen komischen Jodelgesang anstimmen – was sollte man dort auch anderes tun?

»Ach, Quatsch«, entgegnete Lukas. »Der Typ ist bald Geschichte, jede Wette. Mama hat sogar gesagt, dass wir in den Weihnachtsferien vielleicht nach München fahren.«

»Was???« Franziska blieb wie angewurzelt stehen und starrte ihn ungläubig an. »Das erzählst du mir erst jetzt?«

»Ja, gestern Abend hat sie das gesagt, nachdem wir noch mal über Papa gesprochen haben.«

Franziska wurde von einem schwindelnden Glücksgefühl erfasst. Ein Prickeln lief ihre Wirbelsäule hinab, als hätte jemand eine Schachtel mit Stecknadeln über ihrem Rücken ausgekippt. Wenn sie in den Weihnachtsferien nach Hause fuhren, dann waren sie so gut wie gerettet. Sie hatte immer gedacht, dass ihre Mutter eine Rückkehr unter allen Umständen vermeiden wollte. Zumindest so lange hinauszögern würde, bis sie und Lukas kein Heimweh mehr hatten. Ihre Heimat sollte ihnen abgewöhnt werden, bis sie kein Bedürfnis mehr nach ihr verspürten. Aber so weit würde es nicht kommen. Im Gegenteil. Dieses Angebot war der kleine Finger, den ihre Mutter ihnen entgegenstreckte, und Franziska würde nicht zögern, die ganze Hand zu ergreifen.

Sie ballte die Faust, wie ein Tennisspieler nach einem wichtigen Punktgewinn.

»Mama hat nur *vielleicht* gesagt«, wiederholte Lukas sicherheitshalber. »Ich glaube, entschieden ist da noch nichts.«

Doch Franziska schien ihn gar nicht zu hören und schwebte nun wie auf einer unsichtbaren Wolke der traditionsreichen Elisenbergschule, von Insidern ELI genannt, entgegen. Ein klein bisschen werde ich dich schon vermissen, liebes ELI, dachte sie und bemerkte zum ersten Mal, wie dekorativ die ockergelbe Fassade mit den karmesinroten Flügeltüren von Weitem aussah. Vor dem ehrwürdigen Portal streckten ein paar knorrige alte Bäume ihre Äste in den klaren Morgenhimmel. Waren es Ulmen, Birken, Kastanien? Franziska hatte keine Ahnung von Bäumen, aber schön sah es aus, wie sich die leuchtenden Blätter von den Zweigen lösten und in allen Farben des Herbstes durch die Luft wirbelten.

»Guten Morgen zusammen!«, rief die Stimme des Direktors direkt hinter ihnen. Sie fuhren herum und schauten in das grinsende Gesicht von Håkon, dem Stimmenimitator. Franziska wurde von einem spontanen Gefühl der Wärme für ihren blonden Mitschüler mit der Hippiemähne ergriffen. In diesem Moment schloss auch Daniel zu ihnen auf und Elias stopfte seinem Kumpel Lukas zur Begrüßung gleich mal ein bisschen Herbstlaub unter die Jacke. Jetzt freute sie sich beinahe auf den heutigen Tag, zumal er mit UTV begann.

UTV war die Abkürzung für *utdanningsvalg*, was wörtlich übersetzt *Ausbildungswahl* heißt. UTV war das beliebteste aller norwegischen Fächer und nur dazu da, den Schülern zu zeigen, welche Berufe und Ausbildungswege ihnen nach ihrer Schullaufbahn offenstanden. Auch Mørk schien die wöchentliche UTV-Stunde zu genießen, weil er sich da einen faulen Lenz machen und andere für sich arbeiten lassen konnte. Eigentlich sollten die Schüler in diesem Fach frühzeitig Bekanntschaft mit neuen und seltenen Berufsbildern machen – man brauchte ihnen ja nicht groß zu erklären, was ein Koch oder Fliesenleger so machte, das wussten die Achtklässler sowieso. Mørks Schüler hingegen machten ausschließlich Bekanntschaft mit den Berufen ihrer eigenen Eltern, die Mørk schriftlich eingeladen hatte, vor der Klasse einen Vortrag zu halten.

Auf dem unteren Teil der Einladung hatten die Eltern ankreuzen sollen:

a) halte gern einen Vortrag *oder*

b) habe leider keine Zeit

Nach einer hitzigen Diskussion mit Lukas, der meinte, für so etwas könnten sie von der Schule fliegen, hatte Franziska b) angekreuzt und die Unterschrift ihrer Mutter mit den Worten gefälscht: »Wenn wir von der Schule fliegen, umso besser!« Ihre Mutter hätte es natürlich geliebt, vor der Klasse in lausigem Norwegisch einen Vortrag darüber zu halten, wie man Augenärztin wird. Wahrscheinlich hätte sie zur Feier des Tages ihren roten Bikini angezogen und allen kostenlos ins Auge geleuchtet. Mørk inklusive.

»Kommen deine Eltern auch?«, fragte sie Alexander vor Unterrichtsbeginn.

»Nee, keine Zeit«, antwortete er.

»Schade, die haben doch echt coole Berufe.«

»Findest du?«

»Na klar.«

»Ich finde, Elias' Vater sollte noch mal kommen«, sagte Alexander. »Ich hab das mit der Zubereitung der Sülze noch nicht ganz verstanden. Man entbeint zuerst den Schweinekopf, oder wie war das?«

»Erst kochen, dann pökeln, dann entbeinen«, antwortete Franziska leichthin, die offenbar gut aufgepasst hatte. Dann wurden sie von einem Lachanfall geschüttelt.

Sie hatten sich bisher mehr oder minder interessante Vorträge darüber anhören müssen, wie man Apotheker, Steuerberater oder Floristin wurde. Den Vogel abgeschossen hatte allerdings Elias' Vater, der Metzger war und im Prinzip so aussah wie sein Sohn, nur noch etwas rotwangiger und dicker, sodass der Nackenspeck in mehreren Wülsten übereinanderlag. Er hatte das Schaubild eines rosa Schweins an die Tafel gehängt, dessen Körperteile nummeriert und mit Metzgerfachbegriffen bezeichnet waren: Brust oder Dicke Rippe, Stielkotelett, Lendenkotelett, Bauchlappen, Unterschale, Oberschale, Hüfte, Nuss, Eisbein, Schweinsfuß und so weiter. Und dann hatte er ihnen mit solcher Detailtreue und Begeisterung geschildert, wie man ein Schwein zerlegt und was man mit den Einzelteilen alles anfangen konnte, dass man ihm den Schlusssatz seiner Ausführungen einfach glauben musste: »Metzger ist der schönste Beruf der Welt!«

Ausgerechnet Elias hatte sich unentwegt Notizen gemacht und Håkon ein neues Imitationsobjekt gefunden. Nur Tonje und Selma, die Topmodels in spe, hatten sich vor Ekel geschüttelt bei der Vorstellung, ihre Zukunft nicht auf den Laufstegen in Paris und

Mailand, sondern in einem Kühlhaus zwischen riesigen Schweinehälften zu verbringen – mit einem blutigen Beil in der Hand.

Nach UTV (dieses Mal: Versicherungskauffrau, gähn) ging es dann mit Gesellschaftskunde, Kunst & Handwerk sowie einer Doppelstunde Mathe weiter, ehe sie den Tag mit einer sogenannten Klassenstunde beenden würden. In der Klassenstunde besprachen sie organisatorische Dinge oder widmeten sich aktuellen Problemen in der Klasse. Im Moment stand die Planung der großen Jahresabschlussfeier auf dem Programm, die Mitte Dezember steigen sollte.

Die Schule in Norwegen war echt ein Klacks, da waren sich Lukas und Franziska vollkommen einig. Die anderen sollten mal einen einzigen Tag an einem bayerischen Gymnasium verbringen, dachte Lukas, die würden schön mit den Ohren schlackern. Noten kannten sie hier bis zur achten Klasse überhaupt nicht. Stattdessen hatten seine norwegischen Mitschüler die ganze Zeit irgendwie vor sich hin gelernt, sieben Jahre zusammen, bis sie zur achten Jahrgangsstufe auf die Weiterführende Schule gewechselt hatten. Einige maulten sogar, das mit den Noten wäre doch totaler Stress und warum man in der achten Klasse überhaupt noch damit anfangen müsse.

Lukas und Franziska hatten bisher nur Fünfen und Sechsen gesammelt und galten damit schon fast als

Streber. Hier standen die Noten nämlich auf dem Kopf: sechs war die beste, eins die schlechteste Note, die es aber nur in der Theorie zu geben schien.

Die Elisenbergschule hätte es eigentlich verdient, auf ihre Liste zu kommen und nach Skolebrød und Kvikklunsj den dritten Pluspunkt für Oslo einzuheimsen, dachte Lukas. Aber wenn er das vorschlug, würde Franziska wahrscheinlich fuchsteufelswild werden und ihn als Verräter beschimpfen, genau wie bei der Sache mit Leifs Auto. Sie fand hier nämlich aus Prinzip alles schlecht, das begriff er so langsam, und das fiel ihm zunehmend auf den Wecker. Er wollte ja genauso nach München zurück wie sie. Aber warum man deshalb nicht in Leifs Sportwagen mitfahren oder etwas Positives über die Schule sagen durfte, verstand er beim besten Willen nicht.

Kapitel 14

Petter saß in seinem spartanisch eingerichteten Zimmer auf dem Fensterbrett und starrte mit leerem Blick nach draußen. Das schwarze T-Shirt klebte ihm am Leib, obwohl die alte Ölheizung die Zimmertemperatur auf maximal 18 Grad brachte, im Winter kaum auf 15. Dennoch schwitzte er wie im Hochsommer. Er schwitzte vor Scham und Angst.

Heute hätte der entscheidende Tag sein sollen. Der Tag der Befreiung. Heute hatte er Morten sagen wollen, dass er sich einen anderen Handlanger suchen sollte. Dass er, Petter, nicht mehr gewillt war, wegen des schnellen Gelds, das die Einbrüche versprachen, seine Zukunft aufs Spiel zu setzen. Sie waren längst quitt, das war so sicher wie das Amen in der Kirche. Er wollte mit der ganzen Sache nichts mehr zu tun haben.

All das hatte er sagen wollen und es dann doch *nicht* gesagt. Er hatte es nicht übers Herz gebracht. Falsch!

Er hatte die Hosen voll gehabt. Hatte sich einschüchtern lassen, wie ein kleiner Knirps, der Angst hatte, vom großen Nachbarsjungen eins aufs Maul zu bekommen.

Und als ob das nicht schon genug gewesen wäre, schien es, als wüsste Morten die ganze Zeit, was in seinem Kopf gerade vor sich ging. Morten hatte ihn mit seinem Röntgenblick durchleuchtet. Hatte ihm ins Herz geschaut. Das war es, was Petter am meisten deprimierte und ihm den Schweiß auf die Stirn trieb. Dass sein Widerstand im Keim erstickt worden war.

Morten hatte den Spieß einfach umgedreht.

»Petter, Petter«, hatte er mit müdem Lächeln gesagt und den Kopf geschüttelt, doch es hatte wie »Nimm dich in Acht!« geklungen. »Da sind wir drauf und dran, das berühmteste Einbrecherpaar seit Bonnie und Clyde zu werden, und du ziehst hier so ein Gesicht. Hab ich nicht immer alles perfekt vorbereitet? Mich um jede Kleinigkeit gekümmert? Dir die Früchte unserer Arbeit auf dem Silbertablett serviert?«

Petter hatte es vermieden, seinem Komplizen in die Augen zu sehen.

»Ich sag dir was, Bruder. Du hast dich hier bei mir ins gemachte Bett gelegt. Denn von dem wirklich anstrengenden Teil des Jobs kriegst du ja gar nichts mit. Oder glaubst du etwa, das Zeug verkauft sich von allein. Glaubst du das?«

Morten war ganz nah an ihn herangetreten, sodass er dessen schlechten Atem riechen konnte.

»Nein, natürlich nicht«, hatte Petter kleinlaut geantwortet.

»Na siehst du. Die Brüche selbst sind doch das reinste Kinderspiel. Aus allem anderen halte ich dich raus – aus reiner Gutmütigkeit, weil du mein Kumpel und mein Bruder bist. Ist für mich Ehrensache.« Morten breitete die Arme aus, um seine enorme Großzügigkeit zu demonstrieren. Dann dachte er einen Augenblick nach und warf Petter einen verschmitzten Blick zu. »Und heute, Petter, heute ist dein absoluter Glückstag. Heute ist für dich Weihnachten und Geburtstag zusammen, und weißt du, warum?« Er wartete nicht auf eine Antwort, sondern sprach sofort weiter: »Weil ich dir ab heute sämtliche Schulden erlasse! Na, was sagst du?«

»Das, äh, ist natürlich … toll«, stammelte Petter.

»Toll?« Morten starrte ihn an, als hätte er sich verhört. »Das ist megaoberaffenhammergeil, Mensch!« Mortens Stimme war mächtig angeschwollen; das letzte Wort hatte er förmlich herausgeschrien. Dann schüttelte er wieder den Kopf, als wundere er sich über die Begriffsstutzigkeit eines minderbemittelten Kindes.

»Petter, Petter, so ein kluges Kerlchen und manchmal so eine lange Leitung. Das bedeutet, dass du ab sofort in der Gewinnzone bist! Ab heute fließt die ganze Kohle direkt in deine Tasche, Alter, und ich sag dir was: Schon bald wirst du gar nicht mehr wissen, wohin damit. Du kannst deine Badewanne mit dem Zaster füllen und darin planschen wie Onkel Dagobert. Na, wie würde dir das gefallen?« Morten schaute ihn strahlend an.

Petter wusste nicht, was er an Morten mehr hasste, seine unterschwelligen Drohungen oder sein miserables Schauspieltalent.

»Also entweder bin ich taub oder dir hat jemand den Ton abgedreht. Ob dir das gefallen würde, hab ich gefragt!«

Mortens Stimme hatte sich blitzschnell verändert. Eben noch honigsüß, nun eiskalt.

»Ja … natürlich.« Petters Stimme zitterte leicht.

»Na also. So gefällst du mir schon besser!« Morten kam auf ihn zu und drückte ihn für eine Sekunde so hart an sich, dass Petter die Luft wegblieb. Dann stieß er ihn weg wie eine ausgequetschte Zitrone.

»Und ehe wir anfangen, uns zu langweilen«, fuhr Morten fort, »werden wir es demnächst mit einem brandneuen Trick probieren.«

»Einem neuen Trick?«, fragte Petter immer noch keuchend.

»Eine Weltsensation! Das wird einer der besten Brüche, die Oslo je gesehen hat.« Morten rieb sich vergnügt die Hände. »So einfach und doch so… elegant«, fügte er hinzu. »*Einfach* natürlich in erster Linie für dich, Bruder, weil ich mal wieder den ganzen Stress am Hals habe, während du in Ruhe überlegen kannst, was du mit der ganzen Kohle anfangen willst. Dein Part besteht nur darin, eine klitzekleine Investition zu tätigen.«

Bei dem Wort Investition zuckte Petter zusammen.

»Eine Investition, die sich hundertfach – ach, was sage ich –, *tausendfach* auszahlen wird! Schon mal was von *Holiday on Ice* gehört?«, fragte Morten.

»Klar.«

»Hör zu, die kommen kurz vor Weihnachten nach Oslo, ins Spektrum. Und du besorgst uns jetzt zwei Karten für die Show am Freitag.«

»Also für Eisrevuen hab ich mich eigentlich noch nie so richtig inter…«

»Doch nicht für uns, du Schwachkopf!« Morten schüttelte sich vor Lachen. »Mann, mann, mann, du bist manchmal wirklich blöder, als die Polizei erlaubt. Du besorgst die Karten und ich erklär dir den Rest später. Ich sag dir nur eins: Die Sache wird der Hammer!«

★ ★ ★

So war ihr Gespräch verlaufen und jetzt saß Petter also zu Hause auf dem Fensterbrett, schwitzte wie ein Marathonläufer und hasste sich für seine Feigheit. Heute hatte er in der Stadt zwei Karten für *Holiday on Ice* gekauft, wie Morten es von ihm verlangt hatte. Ein Mal würde er noch mitmachen. Ein einziges Mal und dann nie wieder – das schwor er sich.

Kapitel 15

Der Montag hielt, was Ohlsen sich davon versprochen hatte. Er war am Nachmittag zu einem Vieraugengespräch ins Büro von Liv Eriksen gebeten worden. Eine kurze Begrüßung sowie zwei, drei unverbindliche Sätze reichten aus, um ihm das zu bestätigen, was er gehofft, nein, *gewusst* hatte: Bjarnes Bericht war nicht der Rede wert gewesen. Viel Blabla, aufgebauscht mit noch mehr heißer Luft. Das band ihm die Dezernatsleiterin zwar nicht auf die Nase, doch Ohlsen kannte sie gut genug, um ihre Worte richtig zu deuten.

»Ich denke, es ist das Beste, wenn wir die Ermittlungen ergebnisoffen weiterführen«, sagte Liv. »Allerdings sollten wir bald mal mit irgendwelchen Erfolgen aufwarten. Krogstad wird langsam ungeduldig.«

Krogstad war der Kriminaldirektor, der sich vor allem durch seine maßlose Ungeduld auszeichnete.

Er wollte sich weder Ausflüchte noch Entschuldigungen anhören. Krogstad wollte Erfolgsmeldungen, um diese sofort an den Polizeipräsidenten weiterzuleiten, der ebenso ungeduldig war wie er selbst.

»Was den Einbruch am Husebyskogen betrifft, so haben sich an den Jeansfasern tatsächlich DNA-Spuren befunden«, konnte Ohlsen immerhin vermelden. »Wir haben das Ergebnis schon durch den Computer gejagt.«

»Und?«

»Leider ist der Einbrecher kein Bekannter von uns.«

Liv Eriksen nickte. »Und gibt es bei dem Ladenraub schon etwas Neues? Wie ich höre, ermittelst du da ja inzwischen mit deinem Sohn zusammen«, sagte sie lächelnd.

Natürlich hatte sich die Nachricht, dass ausgerechnet der Sohn von Kommissar Ohlsen ein Handyfoto der flüchtenden Täter gemacht hatte, im Präsidium wie ein Lauffeuer verbreitet.

»Ich wäre dir dankbar, wenn du das nicht an die große Glocke hängst«, erwiderte Ohlsen nachdenklich. »Das sieht ja wirklich so aus, als würde ich meinen Sohn in die Ermittlungen hineinziehen. Alexander war rein zufällig in dem Laden und die Sache mit dem Foto gefällt mir eigentlich gar nicht.«

»Ist denn irgendwas darauf zu erkennen?«, fragte Liv.

»Nur sehr wenig und schemenhaft. Außerdem war die Entfernung viel zu groß«, wiegelte Ohlsen ab.

Was eine bewusste Untertreibung war. Ohlsen hatte lange Zeit vor dem Computer gesessen und das Foto studiert, das einige wertvolle Informationen enthielt. Aufgrund der Vergleichsgrößen der fahrenden Autos am rechten Bildrand ließen sich die Umrisse der beiden Täter – Körpergröße, Schulterbreite, Kopfumfang – sehr exakt bestimmen. Ansonsten stimmten Kleidung und Haarfarbe mit Alexanders Beschreibung überein. Von den Clownmasken war nichts zu erkennen. Die hatten sie vermutlich in dem Beutel mit der Beute verschwinden lassen.

Immer wieder hatte Ohlsen das Foto stufenlos vergrößert und wieder verkleinert, hatte versucht, jede Winzigkeit zu erfassen. Hatte systematisch die Hinterköpfe und Rücken, Hosen und Stiefel der Männer studiert, die über den Bürgersteig stürmten – auf der Suche nach einem verräterischen Detail. Er hatte das Foto an die Technikexperten weitergeleitet, vielleicht konnten die bei der Bildqualität noch etwas herausholen.

»Da ist noch etwas anderes«, fuhr Ohlsen mit ernster Miene fort.

»Wenn du die Sache mit Bjarne meinst, das …«

»Bjarne ist mir wurscht, ich spreche von den Vollkornkeksen.«

»Bitte?« Die Dezernatsleiterin schaute ihn perplex an.

»Na, von diesen grässlichen, steinharten Dingern, die hier bei jeder Besprechung auf dem Tisch stehen. Die sind höchstens als Untersetzer zu gebrauchen, wenn der Stuhl wackelt. Meinst du, es wäre möglich, es mal mit belgischen Waffeln zu versuchen?«, fragte er unschuldig. »Oder mit Shortbread?«

»Shortbread?«

Ohlsen verdrehte theatralisch die Augen und warf die Hände in die Luft. »Dieses schottische Mürbeteiggebäck, das fast ausschließlich aus Butter besteht.«

»Ich weiß nicht genau, was du …«

»Das in der roten Packung mit dem Schottenmuster, also das musst du doch einfach kennen!« Ohlsen war fassungslos. »Ich könnte mich wegen der Kekse natürlich auch direkt an Krogstad wenden.«

»Untersteh dich!«

Also vereinbarten sie einen Deal: Kommissar Ohlsen versprach, sich ordentlich ins Zeug zu legen, um dem Kriminaldirektor zumindest einen Teilerfolg vermelden zu können. Und Dezernatsleiterin Liv Eriksen versicherte, als Gegenleistung alle Hebel in Bewegung zu setzen, um die Keksproblematik ein für alle Mal aus der Welt zu schaffen.

Kapitel 16

Auch Claudia Fischer schlug ihren Kindern einen Deal vor. Lukas war sofort einverstanden, Franziska empört. Wenn sie in den Weihnachtsferien nach München wollten, so die einfache und klare Bedingung, dann sollten sie endlich ihre Hobbys wieder aufnehmen, die seit ihrem Umzug nach Oslo brachlagen. Lukas' Saxofonkoffer lag immer noch ungeöffnet unter seinem Bett, und Franziska hatte sich schlichtweg geweigert, einem Basketballteam beizutreten. An Lust auf Basketball fehlte es ihr nicht. Wenn ihre Mutter nicht zu Hause war, legte sie sich manchmal in ihrem Zimmer auf den Rücken, warf minutenlang den Basketball in die Luft und fing ihn wieder auf. Erst mit der rechten, dann mit der linken Hand, wie im Training. Aber wenn sie sich einen Verein suchte oder in der Schulmannschaft spielte, dann würde sie vielleicht daran Gefallen finden und neue Freundinnen gewinnen und alles würde noch viel komplizierter werden, als es ohnehin schon war. Nein, da hielt sie die basektballlose Zeit lieber so lange aus, bis sie ihr altes Leben wiederhatte.

»Ihr könnt hier nicht weiter in den Tag hineinleben und so tun, als wärt ihr nur auf der Durchreise«, sagte Claudia, während sie den Milchreis aufsetzte. »Ich hab mich mal ein bisschen bei meinen Kollegen umgehört. Einer hat mir einen sehr guten Saxofonlehrer empfohlen, der auch seinen Sohn unterrichtet. Und du, Franziska, du könntest bei Bygdøy Basket anfangen. Die haben eine Mädchenmannschaft in deiner Altersstufe und zum Training hättest du es auch nicht weit. Leif meinte auch, es würde euch nicht schaden, wenn …«

»Ach, das war Leifs Idee? Jetzt ist mir alles klar!« Franziskas Empörung sprudelte über, als wäre sie eine Sektflasche, die jemand geschüttelt und entkorkt hatte. »Dann können wir ja gleich bei Mr Alleskönner persönlich Unterricht nehmen!«, rief sie mit beißendem Spott. »Der spielt bestimmt auch super Saxofon und Basketball.«

»Leif hat damit nichts zu tun!«, gab Claudia zurück, während sie wild in dem dampfenden Topf herumrührte.

Lukas sah schon den nächsten Frontalzusammenstoß der beiden Lokomotiven voraus und verschwand unbemerkt in sein Zimmer. Dort zog er seinen schwarzen Saxofonkoffer unter dem Bett hervor, öffnete den Reißverschluss und klappte den Deckel auf.

Als er das gold glänzende Instrument mit den perlmuttbesetzten Klappen auf dem blauen Samt erblickte, wurde ihm er mit einem Mal bewusst, wie sehr er es vermisst hatte. Sofort begann er mit dem vertrauten Ritual: Plastikverschluss vom Korpus entfernen, unteren Teil des S-Bogens einfetten, Blättchen fürs Mundstück einspeicheln und festschrauben, die drei Teile zusammenstecken, Gurt umhängen, Instrument einhaken, alle Klappen gleichzeitig drücken und …

Gleich darauf ertönte aus Lukas Zimmer ein so gewaltiges tiefes Tröten, als würde dort drinnen ein Luxusliner vom Kai ablegen. Claudia und Franziska erschienen in der Tür. Claudia lächelte. Lukas' Augen leuchteten. Franziska warf ihm einen verächtlichen Du-bist-ein-mieser-kleiner-Verräter-Blick zu. Ihre Mutter zog eine Schachtel mit nagelneuen Saxofon-Blättchen aus der Tasche und überreichte sie Lukas: Rico Royal, Stärke 2,5. Die hatte er auch in München immer benutzt.

Lukas strahlte. »Danke, Mama!«

Franziskas Miene verfinsterte sich. Hatten sich denn alle gegen sie verschworen? Sie wusste nur eins: Sie würde sich nicht erpressen lassen. Sollten ihre berechnende Mutter und ihr verräterischer Bruder doch nach München fahren und Leif gleich mitnehmen. Sie würde lieber hier oben bei den Elchen bleiben, als das Opfer einer so hundsgemeinen Erpressung zu werden.

Wenn in dieser Familie kein Platz mehr für sie war, dachte sie, konnte sie sich ja von Ohlsens adoptieren lassen. Das waren nette und verständnisvolle Leute. Und die Nähe zu Alexander wäre auch nicht zu verachten.

Dass ihre Mutter klammheimlich Erkundigungen einzog, war so typisch für sie. Alle wichtigen Entschlüsse fasste sie stets im stillen Kämmerlein und stellte ihre Kinder später vor vollendete Tatsachen. Die waren es ja offenbar nicht wert, dass man sie vorher mal nach ihrer Meinung fragte. Heimlich, still und leise hatte sie damals diese ganze Oslo-Geschichte eingefädelt und jetzt hinter ihrem Rücken Saxofonlehrer und Basketballteams organisisert. Wahrscheinlich liefen auch schon die Vorbereitungen zur Hochzeit mit Leif. Franziska konnte nichts mehr ausschließen.

Sollte sie je Kinder haben, das schwor sie sich, würde sie deren Willen stets ernst nehmen und über alles mit ihnen reden.

Lukas rümpfte die Nase. »Was riecht hier denn so?«

»Oh nein!« Claudia lief in die Küche und riss den

Topf zur Seite, aus dem ein beißender Gestank aufstieg. Neuer Rekord, dachte Franziska. So schnell war der Milchreis noch nie angebrannt. Vielleicht sollte *sie* ihrer Mutter auch mal eine Bedingung stellen: Franziska würde sich nur einem Basketballteam anschließen, wenn ihre Mutter versprach, einen Kochkurs zu belegen – was sie ohnehin tun sollte, wenn sie bei ihrem norwegischen Dschungelkönig auch weiterhin als »fantastische Köchin« gelten wollte.

Claudia pfefferte den Topf frustriert in die Spüle. »Kommt, wir gehen Pizza essen.«

Kapitel 17

Lukas' Versuche, sich wieder mit seinem Saxofon vertraut zu machen, waren ein voller Erfolg. Schon am nächsten Tag fanden sie einen Zettel in ihrem Briefkasten vor, auf dem stand:

Liebe Nachbarn,
wenn Sie mal wieder vorhaben, in Ihrer Wohnung ein Schwein zu schlachten, dann sagen Sie uns bitte vorher Bescheid. Dann hätten wir zumindest die Möglichkeit, rechtzeitig das Haus zu verlassen oder uns Watte in die Ohren zu stopfen.
Mit freundlichen Grüßen
Familie Kvalheim

Die »Familie« Kvalheim war ein älteres Ehepaar, das direkt unter ihnen im zweiten Stock wohnte. Leider waren die Kvalheims, von kurzen Einkäufen abgesehen, immer zu Hause, was ihnen hinreichend Gelegenheit gab, allen Personen in ihrer Umgebung mit ihren ständigen Klagen auf die Nerven zu gehen. So beschwerten sie sich abwechselnd über »widerwärtigen« Schmutz im Treppenhaus, »ekelhafte« Gerüche, die angeblich aus der Wohnungstür der afghanischen Familie im Erdgeschoss drangen, »unerträgliches« Getrampel auf der Treppe oder »nicht hinnehmbares« Plärren von Kindern auf der Straße.

Auch das Wetter schien ihnen zu jeder Jahreszeit das Leben zu vergällen. Claudia konnte sich noch gut daran erinnern, wie sie Herrn Kvalheim an einem lauen Sommerabend bei den Mülltonnen im Innenhof begegnet war. »Ist das nicht herrlich heute?«, hatte sie zu ihm gesagt, in der Hoffnung, ihn ein wenig aufzuheitern. Doch Kvalheim hatte sich mit gequälter Miene an den Hals gegriffen und gekrächzt: »Diese Hitze bringt mich noch um!« Dann hatte er auf dem Absatz kehrtgemacht und war davongewankt.

Lukas ließ sich von den griesgrämigen Dauernörglern nicht am Üben hindern. Im Gegenteil. Sollten sie sich halt Watte in die Ohren stopfen oder endlich taub werden, wie es sich für Senioren gehörte. Bisher hatte er das Gefühl gehabt, sein Leben sei in zwei Teile zerfallen, eins vor und eins nach dem Umzug. Das Saxofon war der Beweis, dass sich die beiden Leben doch miteinander verbinden ließen. Es war wie eine Brücke in die Vergangenheit, die er nun jeden Tag betrat, indem er seine Tonleitern und Stücke übte.

Jeden Samstagvormittag fuhr er jetzt mit dem Bus in den Stadtteil Grünerløkka zum Unterricht, der in der Kunsthochschule stattfand. Lukas staunte nicht schlecht, als er zum ersten Mal den riesigen Backsteinbau der ehemaligen Segeltuchfabrik erblickte, in dem sein Lehrer einen Übungsraum gemietet hatte. Und was für ein Lehrer das war! Lars Sunde war 28 und auf ganz natürliche Weise so entspannt, dass er es nicht nötig hatte, sich cool zu geben. Seine kurz geschorenen dunklen Haare sowie sein schmaler, fast zierlicher Körperbau verliehen ihm etwas Asketisches, doch seine Augen waren ebenso warm und freundlich wie seine Stimme. In der ersten Stunde hatte er Lukas jede Menge private Dinge gefragt: wie lange sie schon in Oslo seien, wie es Lukas gefiele, ob er schon neue Freunde gefunden habe, was seine Lieblingsmusik sei und so weiter. Lars schien sich wirklich für ihn zu interessieren. Danach zeigte ihm Lukas die Stücke, die er zuletzt in München nach zweieinhalb Jahren Unterricht gespielt hatte: »The Girl From Ipanema«, »As Time Goes By«, »Let It Be«.

In den letzten Tagen hatte er ausschließlich »The Girl From Ipanema« geübt, damit er irgendetwas vorspielen konnte, ohne sich völlig zu blamieren. Nachdem er sich mehr schlecht als recht durch die ersten

Takte gekämpft hatte, setzte sich Lars ans Klavier und schlug ein paar Akkorde an – und siehe da, mit einem Mal war alles wie verwandelt. Ganz gleich, wie sehr Lukas mit seiner Atmung kämpfte, ganz gleich, wie unbeholfen es aus seinem Horn quäkte, grunzte und quietschte – Lars glich mit Zauberhänden jede Unzulänglichkeit aus, verlieh dem Bossa-Nova-Klassiker Rhythmus und Struktur. Lukas konnte kaum glauben, was er da hörte. Ihre Töne vereinten sich, flogen zur Decke empor und breiteten sich mit ungeheurer Intensität im ganzen Raum aus. Es war wie ein glücklicher Schock. Nie zuvor hatte Lukas erlebt, dass Musik, die er selbst hervorbrachte, seinen ganzen Körper ausfüllte. Am liebsten hätte er die Augen geschlossen, doch leider musste er ja die Noten lesen. Nachdem sie das Stück zweimal komplett durchgespielt hatten, hämmerte Lars einen Schlussakkord in die Tasten, der noch eine Zeit lang durch den Raum schwebte.

»Klappt doch schon super!«, rief er begeistert. »Ich glaube, wir werden viel Spaß miteinander haben, Lukas.«

Lukas atmete tief durch und wusste nicht, was er sagen sollte. Er konnte ja schlecht *Jippie!* schreien oder seinem neuen Saxofonlehrer um den Hals fallen, auch wenn ihm danach zumute war. Als sie sich schließlich voneinander verabschiedeten, hatte Lukas fast das Gefühl, einen neuen Freund gefunden zu haben.

Kapitel 18

Wie hatten sie nur glauben können, das Problem Leif würde sich von allein lösen? Der Typ war einfach nicht abzuschütteln. Hatte sich festgesetzt wie ein fieser Bazillus, gegen den es keine Medizin gab. Hatte sich in ihr Leben gedrängt, machte sich in ihrer Wohnung breit, nahm ihnen wertvollen Sauerstoff, futterte ihnen ungeniert die Schokolade weg und was der Unverschämtheiten mehr waren. Saßen sie gemeinsam vor dem Fernseher, riss er inzwischen sogar die Fernbedienung an sich – ein sicheres Zeichen dafür, dass diesem Störenfried dringend Einhalt geboten werden musste.

Manchmal unternahmen sie jetzt etwas zu viert miteinander, wobei ihre Mutter sehr darauf bedacht war, die gemeinsame Zeit so zu gestalten, dass sie nicht kochen musste. Vor ein paar Tagen hatten sie sich im Kino *Fluch der Karibik 4* angeschaut und waren danach bei McDonalds gelandet, weil Leifs Bauch schon während der Vorstellung penetrant geknurrt hatte. Als sie dann im Fast-Food-Restaurant vor der Kasse standen, war rein zufällig mal wieder Ebbe in seinem Portemonnaie, sodass ihre Mutter die ganze Chose bezahlt hatte. Natürlich hatte Leif auch nicht angeboten, mal schnell zum nächsten Geldautomaten zu traben. Der lag nämlich mindestens zwei Minuten entfernt, da hätte der Ärmste glatt um die Ecke gehen müssen, und das im Nieselregen!

Was anschließend auf seinem Tablett und binnen Minuten in seinem Bauch landete, hatte ihnen schier die Sprache verschlagen. Nur ihre Mutter schien sich nicht im Geringsten daran zu stören.

Lukas und Franziska hatten Leifs XXL-Menü zu Hause schriftlich festgehalten. Sie wussten selbst nicht, warum. Vielleicht konnten sie den Zettel später mal einem Anwalt übergeben, als Beweis dafür, wie schamlos ihre Mutter ausgenutzt wurde.

»Hast du alles?«, fragte Franziska.

Lukas las vor: »Große Cola light, neun Chicken McNuggets mit Curry- und Barbecuesauce …«

»Süßsauer«, korrigierte Franziska. »Jetzt weiß ich's wieder, er hatte Curry und süßsauer.«

»Ist das so wichtig?«

»Wenn schon, denn schon.«

»Also gut.« Lucas nahm die Änderung vor und begann noch mal von vorn: »Große Cola light, neun

Chicken McNuggets mit Curry- und süßsaurer Sauce, große Portion Pommes, Big Tasty, Cheeseburger, Grilled Chicken Caesar Salad. Zum Nachtisch ein Caffè Latte und ein Sundae Eisbecher mit Karamellsauce. Auf dem Heimweg ein Donut mit Schokolade.«

»Einfach ekelhaft, das alles in sich reinzustopfen«, sagte Franziska und verzog angewidert das Gesicht.

»Wie kann der nur so dünn sein?«

»Wahrscheinlich ein Bulimiker«, stellte sie fest.

»Ein was?«

»Jemand, der alles in sich reinfrisst und nachher wieder auskotzt.«

»Hör auf, da wird einem ja übel.«

»Und wie der die ganze Zeit von Penélope Cruz geschwärmt hat«, fuhr sie fort. »Ich versteh echt nicht, dass Mama sich das gefallen lässt.«

»Was soll sie denn dagegen machen?«

»Also wenn ich einen Freund hätte, der mir ständig was von 'ner anderen vorsülzt, dann würde ich mal kurz seinen Cheeseburger auseinanderklappen und ihm rechts und links an die Backe kleben.«

Lukas lachte. »Du schon, aber Mama? Niemals!«

»Du sagt es, Lukas, und genau das ist ihr Problem. Mama ist viel zu gutmütig. Die bleibt aus reiner Freundlichkeit mit dem Penner zusammen. Wir müssen ihr helfen, ihn wieder loszuwerden. Alleine schafft sie das nicht.«

»Okay, aber ich würde mir vorher noch gern diese Hütte angucken, von der Leif neulich erzählt hat. Die muss mitten im Wald liegen, an einem kleinen See. Und ein Boot gibt's da auch.«

»Sag mal, geht's noch? Ich glaub echt, der Typ hat dich bestochen.«

»Du siehst das viel zu verkrampft. Solange Leif da ist, können wir doch jedenfalls noch die schönen Dinge mitnehmen.«

»Was soll denn an dem schön sein?«

»Na, diese Hütte zum Beispiel.«

»Ja, super, da kannst du dann ja mit deinem besten Kumpel Leif einziehen«, zischte Franziska genervt, vor deren innerem Auge sich noch mal die Szene abspielte, als Leif von der Hütte erzählt hatte. »Sie liegt auf einer kleinen Anhöhe, die von Kiefern umgeben ist«, hatte Leif begonnen, während sie *Ludo* gespielt hatten, die norwegische Ausgabe von *Mensch ärgere dich nicht*. »Durch die Zweige hindurch sieht man das Wasser glitzern. Im Sommer kann man das Ruderboot benutzen und im Winter auf Langlaufskiern über den See gleiten.«

»Davon hast du mir ja noch gar nichts erzählt«, hatte Claudia verwundert gesagt.

»Es gibt so einiges, was du nicht weißt«, hatte er geheimnisvoll geantwortet. »Die Hütte habe ich mir in einer Zeit angeschafft, als ich sehr viel gearbeitet habe. Ich wollte damals ein Refugium haben, einen Ort, an dem ich mich entspannen und zu mir selbst finden kann. Die Wochenenden habe ich dort nur mit Holzhacken, Angeln und Lesen verbracht. Es gibt einfach keine bessere Art, um seine Batterien wieder aufzuladen.«

»Das hört sich ja großartig an!« Claudia war hingerissen. »Und du meinst, wir könnten da mal zusammen hinfahren?«

»Aber natürlich!« Leif war aufgesprungen und schien Feuer und Flamme für diese Idee zu sein. »Dann lernt ihr mal das echte norwegische Hüttenleben kennen. Aber eins müsst ihr wissen, Kinder …« Er hob mahnend den Zeigefinger. »Da draußen gibt es keinen großen Luxus. Das wäre ja nicht der Sinn der Sache.«

Franziska wurde von der schrecklichen Vorstellung eines eiskalten Plumpsklos heimgesucht. »Und was ist der Sinn der Sache?«, fragte sie spitz.

»Der Sinn der Sache …«, wiederholte Leif in getragenem Ton und blickte in Richtung Unendlichkeit, »ist ein Leben im Einklang mit der Natur, das auf die einfachsten Dinge reduziert ist. Man lernt wieder, genügsam und dankbar zu sein. Dankbar für ein bisschen Wärme und ein Dach über dem Kopf, während draußen der Wind heult oder ein Schneesturm tobt.«

»Also gegen einen kleinen Schneesturm hätte ich nichts einzuwenden«, sagte Claudia übermütig.

»Gibt's da auch wilde Tiere?«, fragte Lukas.

»Ein paar Schlangen, Bären, Elche und Wölfe«, antwortete Leif mit einem Schulterzucken. »Nichts Besonderes. Die meisten von ihnen sind so scheu, dass sie sich in den Wäldern versteckt halten. Nur wenn mal ein Bär mit dem linken Fuß zuerst aufgestanden ist oder ein Elch schlecht gefrühstückt hat, dann kann's gefährlich werden. Aber keine Sorge, ich hab immer ein geladenes Gewehr in der Hütte.«

»Das meinst du nicht ernst, oder?«, fragte Claudia ein wenig verunsichert.

»Doch, absolut«, antwortete Leif. »In der freien Natur ist man völlig auf sich allein gestellt. Da muss man sich verteidigen können. Also werden wir Männer die Bewachung der Hütte übernehmen, was, Lukas?« Er legte dem Jungen den Arm um die Schultern.

»Klar, kein Problem«, antwortete der lässig und legte Leif den Arm um die Hüften. So standen sie Seite an Seite und streckten stolz die Brust heraus, als hätten sie bereits ihren ersten Bären erlegt.

Gleich ritzen sie sich die Arme und schließen Blutsbrüderschaft, dachte Franziska konsterniert. Irgendwie lief das hier alles in die falsche Richtung. Wieso war ihr Bruder auch nur so ein einfältiger, bestechlicher kleiner Vollidiot? Mit dem konnte man einfach keine Aktion durchziehen. Wie oft hatte sie Lukas nicht eingeschärft, dass sie diesen solarium-gebräunten Angeber wieder *loswerden* mussten, aber Lukas hatte darunter offenbar *anfreunden* verstanden. Wenn man ihm eine rote Sportkarre zeigte oder etwas von einer Waldhütte vorfaselte, dann knickte er sofort ein.

Franziska fühlte sich im Stich gelassen. An wen konnte sie sich jetzt noch wenden? Wen konnte sie ins Vertrauen ziehen? Sie brauchte definitiv einen neuen Verbündeten. Und es kam eigentlich nur eine Person infrage.

Kapitel 19

Franziska hatte sich lange überlegt, wie sie es anstellen würde. Sie konnte ja nicht einfach in der großen Pause zu ihm gehen und sagen: »Lieber Alexander, wollen wir uns heute Nachmittag im Frognerpark treffen, um ein bisschen unter uns zu sein? Ich brauche dringend deinen Rat, weil du mein bester Freund bist beziehungsweise weil ich nicht weiß, wen ich sonst fragen soll. Leider hat sich meine Mutter in einen bulimischen Bärenjäger mit Stirnglatze verliebt, der sich für Brad Pitt hält. Das Problem dabei ist, dass meine Mutter und mein Bruder ihn tatsächlich für Brad Pitt halten und nicht checken, dass er in Wahrheit nichts als ein egoistischer Fresssack und Angeber ist. Deshalb wollte ich dich fragen, ob du dir den Typ mal aus der Nähe angucken und mir hinterher sagen kannst, ob ich mich da in irgendwas reinsteigere, oder ob ich recht damit habe, dass man den Kerl schnellstmöglich zum Mond schießen sollte.«

Nein, so mir nichts, dir nichts konnte sie das Alexander nicht erzählen. Sie musste erst einmal einen Vorwand finden, um mit ihm allein zu sein.

Als in der nächsten Stunde die Aufgaben für die Jahresabschlussfeier verteilt wurden, wusste Franziska, dass sie sich diese Chance nicht entgehen lassen durfte. Daniel und Fredrik hatten sich bereits für das beliebte Schüler-gegen-Lehrer-Fußballspiel angemeldet, bei dem Mørk traditionell im Tor stand. Da letztes Jahr seine Brille zu Bruch gegangen war, wollte er es diesmal mit Kontaktlinsen probieren. Elias stand als Grillmeister fest, nachdem sein Vater so großzügig war, der Schule dreihundert Würstchen zu spendieren. Solveig und Linnea würden die Tombola übernehmen. Als Mørk nach zwei freiwilligen Waffelbäckern fragte, setzte Franziska alles auf eine Karte. Sie flüsterte Alexander kurz zu: »Hast du Lust?«, und ehe er protestieren konnte, schnellte schon ihr Finger nach oben. »Wir machen das!«, rief sie und legte Alexander rasch den Arm um die Schultern, um ihre Zusammengehörigkeit zu demonstrieren. Mørk schaute sie mit eigentümlichem Lächeln an. Wahrscheinlich hielt er sie jetzt für ein Paar, aber damit konnte Franziska leben. »Das ging ja schnell«, stellte er zufrieden fest und schrieb *Waffelstand: Franziska + Alexander* an die Tafel. Selma und Tonje kicherten.

Der nächste Schritt ihres Plans war allerdings auch nicht ganz einfach: Alexander zu einem Vorbereitungsgespräch unter vier Augen zu überreden. »Tja, dann … sollten wir uns wohl mal treffen, um die Organisation zu besprechen«, sagte sie nach der Stunde zu ihm.

Alexander schaute sie erstaunt an. »Was willst du denn da groß besprechen?«

»Na, zum Beispiel, wo wir die Waffeleisen herkriegen …«

»Es gibt doch zwei in der Schule.«

»Echt? Na, okay … wenn die überhaupt funktionieren«, entgegnete sie. »Aber wir brauchen auf jeden Fall ein Rezept. Und es gibt wirklich wahnsinnig viele Waffelrezepte, bestimmt über hundert!« Sie fuchtelte mit den Händen. »Vielleicht sollten wir die mal zusammen googeln.«

»Nicht nötig. Wir nehmen einfach diese Schüttelflaschen mit Pulver drin, die im Supermarkt rumstehen. Milch reingießen, schütteln, fertig.«

Franziska biss sich ratlos auf die Lippen und studierte aufmerksam das Muster des Fußbodens. Hochinteressant, so ein Fußboden – hatte Alex denn gar keine Lust, sich mit ihr zu treffen?

»So ein Waffelstand ist doch eine ziemlich große Verantwortung«, fuhr sie verzweifelt fort. »Die sollten wir nicht auf die leichte Schulter nehmen. Hast du dir zum Beispiel schon Gedanken darüber gemacht, was es dazu geben soll? Sollen wir einfach Puderzucker drüberstreuen …«

Alexander kniff die Augen zusammen und schaute sie prüfend an.

»Oder Marmelade oder … Schlag…sahne«, stammelte sie.

»Franziska?«

»Hm?«

»Ist irgendwas?«

Franziska nickte stumm und war den Tränen nahe. Sie konnte sich nicht erinnern, sich jemals so lächerlich gemacht zu haben.

»Zu dir oder zu mir?«, fragte er grinsend.

★ ★ ★

Zwei Stunden später saßen sie sich im Schneidersitz auf seinem Bett gegenüber. In der Hand hielten sie jeweils einen großen Löffel. Zwischen ihnen stand eine Zweiliterpackung Vanille-Krokant-Eis.

»Beim Essen kann man am besten diskutieren, sagt mein Vater immer.«

»Du bist echt zu beneiden«, sagte Franziska.

»Wie meinst du das?«

»Du hat total nette Eltern, ein super Zuhause, einen Haufen Freunde …«

»Und schmutzige Füße«, ergänzte er. »Guck mal!« Er zeigte ihr die Unterseite seiner Socke.

»Alex, ich meine es ernst.«

»Aber du hast doch auch ein tolles Zuhause. Eine nette Mutter … und sogar einen Bruder. Ich hab mir schon immer eine kleine Schwester gewünscht.«

»Wirklich?«

»Ja, so eine richtig süße kleine Nervensäge. Also was willst du eigentlich?«

»Ich will, dass der Typ verschwindet.«

»Dieser Leif?«

»Ja.«

»Und was ist an dem so schlimm?«

»Frag lieber, was an dem gut ist. Darüber habe ich wirklich lange nachgedacht, und die Antwort lautet: nichts! Sein Outfit ist megapeinlich, seine Jeans immer 'ne Nummer zu eng und sein Hemd manchmal bis zum Bauchnabel offen. Dabei hab ich nie darum gebeten, mir seine Brusthaare aus der Nähe ansehen zu dürfen. Und diese Sonnenbrille …«

»Was ist mit der Sonnenbrille?«

»Die trägt er ständig auf dem Kopf, sogar im Kino! Kannst du dir das vorstellen? Ich meine, wie bescheuert ist das denn!«

»Scheint sich ja um einen extrem coolen Typen zu handeln.«

»Ja, echt supercool.« Franziska sprang vom Bett

herunter, ahmte Leifs Cowboygang nach und sagte mit tiefer, rauchiger Stimme: »Hey, Babe, ich bin Leif, der große Bärenjäger. Ich war im brasilianischen Urwald, habe die ganze Welt gesehen und spreche dreiundzwanzig Sprachen. Als Geschäftsmann habe ich Millionen gescheffelt, aber das ist mir egal, weil ich ein echter Lebenskünstler und Naturbursche bin. Ich zeig dir meine tolle Waldhütte, und wenn ein Wolf vorbeikommt, dann erwürge ich ihn mit der bloßen Hand.«

»Wirklich hollywoodreif«, sagte Alexander beeindruckt. »Du könnest glatt Håkon Konkurrenz machen. Das hat er gesagt?«

»Na ja, so ähnlich.« Franziska hockte sich wieder aufs Bett und drehte mit dem Löffel das Eis in der Packung herum, sodass die cremige, halb geschmolzene Seite nach oben zeigte.

»Mit der Hütte, das ist übrigens nichts Besonderes«, sagte Alexander. »Die meisten Leute, die ich kenne, haben für die Wochenenden und Ferien irgendeine Hütte im Wald oder am Fjord.«

»Echt, ihr auch?«

»Ja, die hat mein Vater von seinen Eltern geerbt. Ist wirklich hübsch. Liegt ungefähr eine Stunde von hier entfernt.«

Franziska runzelte die Stirn. »Hab's mir doch gedacht.«

»Was ist dieser Leif eigentlich von Beruf?«, wollte Alexander wissen.

»Nichts.«

»Wie, nichts?«

»Jedenfalls arbeitet er nicht.«

»Und wovon lebt er?«

Franziska klatschte demonstrativ Beifall. »Man merkt, dass dein Vater Polizist ist. Du stellst jedenfalls genau die richtigen Fragen – im Gegensatz zu meiner Mutter ... mmh, das Eis ist wirklich köstlich!«

»Und wovon lebt er jetzt?«

»Angeblich hat er Ersparnisse von früher. Meistens liegt er aber uns auf der Tasche.«

»Und wo wohnt er?«

»Tja, wo wohnt er eigentlich?«, wiederholte sie mit glockenhellem Lachen. »Das ist die nächste Frage, die keiner beantworten kann. All diese Dinge habe ich meine Mutter neulich auch gefragt, und weißt du, was sie geantwortet hat? Dass Männer es nicht mögen, wenn man zu viele Fragen stellt. Zu viele Fragen! Hier geht es ja wohl um die simpelsten Dinge. Wieso kann der Typ nicht einfach sagen: Hallo, ich heiße Leif, bin Hausmeister und wohne am Drammensveien 24 oder weiß der Teufel wo? Aber nein, er muss natürlich um alles ein großes Geheimnis machen.«

»Hört sich wirklich ziemlich rätselhaft an«, musste Alexander zugeben.

»Und genau *das* gefällt ihr daran!« Franziskas Zeigefinger schoss so schnell auf Alexander zu, dass er unwillkürlich zurückwich. »Sie findet diesen rätselhaften Typen ja soooo spannend. Aber wenn das Rätsel irgendwann gelüftet ist, was dann? Dann bleibt nur der aufgeblasene Schwachkopf übrig, der er ist!« Franziska hatte sich so in Rage geredet, dass sie den Eislöffel wild durch die Luft schwang, statt ihn sich in den Mund zu stecken. Alexander sah das Eis schon durch sein Zimmer fliegen.

»Und wie sieht Lukas das?«

»Lukas? Der kapiert doch überhaupt nichts!« Ihre Stimme überschlug sich fast. Dann besann sie sich, ließ den Löffel zu Alexanders Beruhigung zwischen ihren Lippen verschwinden und wendete danach erneut das Eis in der Packung. »Schmeckt wirklich super, das müssen wir auch mal kaufen.« Genüsslich hebelte sie ein riesiges Krokantstück aus der Masse. Dann führte sie ihren Löffel rundum am Rand entlang, ihre bevorzugte Eisesstechnik.

»Das Problem mit Lukas ist, dass man sich nicht auf ihn verlassen kann«, fuhr sie mit ruhiger Stimme fort. »Am Anfang fand er Leif genauso blöd wie ich, aber inzwischen ist er Mitglied in seinem Fanklub geworden. Und jetzt will uns Leif auch noch auf diese Hütte mitnehmen … sag mal, gibt's hier wirklich Wölfe und Bären?«

»Wer sagt das?«

»Na, wer wohl.«

»Wenn du hier Wölfe und Bären sehen willst, dann musst du in den Zoo gehen. Der Typ scheint ja wirklich jede Menge Schwachsinn von sich zu geben.«

»Und Elche?«

»Elche sind extrem scheue Tiere. Also ich hab in meinem ganzen Leben noch keinen Elch gesehen. Meine Mutter übrigens auch nicht. Nur mein Vater, aber der ist ja auch der totale Sportfanatiker und geht ständig im Wald joggen oder Ski laufen. Wie sollen die Elche da alle rechtzeitig ausweichen?«

»Kannst du dir Leif nicht mal ansehen?«, fragte Franziska. »Du kannst einfach viel besser beurteilen als ich, ob das nun der norwegische Durchschnittstyp ist oder ob der schwer einen an der Waffel hat.«

»Apropos Waffel, nehmen wir jetzt Puderzucker oder Schlagsahne?«, fragte Alexander.

Sie streckte ihm mit übertriebener Geste die Zunge heraus und löffelte die letzten flüssigen Eisreste aus der Packung.

»Schon gut, ich schau ihn mir mal an«, sagte er lächelnd.

★ ★ ★

Als Franziska sich wenig später auf den Heimweg machte, hatte sie einen kalten Bauch und ein leichtes Herz. Dennoch war da etwas, das sie mächtig irritierte. Es war der schönste Nachmittag gewesen, den sie in Oslo bisher erlebt hatte, doch aus irgendeinem Grund gefiel ihr das überhaupt nicht.

Manchmal kam ihr das Leben wie ein ständiges Tauziehen vor, bei dem man nie nachlassen durfte, um nicht auf die falsche Seite gezogen zu werden. Ihre Mutter zerrte an einem Ende, sie am anderen. Lukas war dieser Wettkampf zu anstrengend geworden, deshalb hatte er das Tau einfach losgelassen – was bedeutete, dass sie jetzt doppelte Arbeit verrichten musste.

Und Alexander? Es tat so gut, einen Verbündeten zu haben. Jemanden, dem sie sich anvertrauen konnte. Bei dem sie sich entspannen und ganz sie selbst sein konnte. Doch wenn sie sich jetzt entspannte, würde ihre Mutter leichtes Spiel haben und das Tauziehen gewinnen, und das durfte sie nicht zulassen.

Kapitel 20

Es lag Schnee in der Luft. Man konnte ihn förmlich riechen, ehe er da war. Milchiges Mondlicht verwandelte die Skischanze am Holmenkollen in einen bleichen Brontosaurus, der seinen Kopf in den frostigen Himmel reckte. Ob auch er den Schnee roch? Petter hatte das mulmige Gefühl, er würde sie beobachten. Der Dinosaurier schien über die sanften Hügel zu wachen, deren feines Geflecht aus Straßen und Wegen von weiß gestrichenen Villen gesäumt wurde – als hätte er mit weißen Bauklötzen gespielt und sie dort zurückgelassen. Jeden Moment konnte sein Kopf nach unten schnellen und jedem den Garaus machen, der unbefugt in sein Territorium eingedrungen war.

Was bist du nur für ein Jammerlappen, dachte sich Petter, dem diese Gegend von Kindheit an vertraut war. Unzählige Male hatte er schon zu der steil aufragenden Schanze emporgeblickt und nun fürchtete er sich plötzlich wie ein Kind in der Geisterbahn. Einfach lächerlich! In zwei, drei Stunden würde alles überstanden sein. Dann konnte er seinen Gewinn einstreichen, Morten in den Wind schießen und ein neues Leben beginnen. Dann war er endlich frei.

Vor einer Woche waren sie bereits hier gewesen und hatten den Köder ausgelegt. Hatten am frühen Morgen aus dem Carport eines Hauses, das Morten zufolge von einem jungen Yuppiepaar bewohnt wurde, ein Fahrrad gestohlen. Petter hatte immer noch keine Ahnung gehabt, worauf die Sache hinauslief, während sich Morten königlich über die Naivität seines Kompagnons amüsiert hatte.

Er liebte es nun einmal, den großen Macker zu geben, der alle Fäden in der Hand hielt und Petter nach seiner Pfeife tanzen ließ. Erst als Morten ihm den Computerausdruck zeigte, den er vorbereitet hatte, ging Petter ein Licht auf. Er hatte das weiße DIN-A4-Blatt auseinandergefaltet und die Worte überflogen:

Sehr geehrte Fahrradbesitzer,
wir möchten uns in aller Form dafür entschuldigen, dass wir uns vorübergehend Ihr Fahrrad ausgeliehen haben. Leider hatten wir keine Zeit, Sie um Erlaubnis zu bitten. Es ging um einen Notfall und wir mussten sofort handeln. Als Entschuldigung und

Entschädigung anbei zwei Karten
für Holiday on Ice für Sie.
Noch mal Entschuldigung und viel Spaß
in der Eisrevue.

Während er las, huschte ein Grinsen über Petters Gesicht. Obwohl er Mortens Selbstgerechtigkeit hasste, musste er zugeben, dass der Trick eine gewisse Raffinesse besaß. Sie hatten das Fahrrad am späten Abend in den Carport zurückgestellt, gleich neben den schwarzen Alfa Romeo, wo es auch am Morgen gestanden hatte. Alles sah aus wie zuvor – mit dem kleinen, aber entscheidenden Unterschied, dass jetzt eine Plastiktüte am Lenker hing, in der sich das Schreiben und die Eintrittskarten befanden. Blieb nur zu hoffen, dass sich Petters Investition auch gelohnt hatte und die beiden in die Falle tappten.

Die Lage des Hauses wer perfekt, das musste er Morten lassen. Es besaß eine lange, gekrümmte Zufahrt, wodurch weder der Carport noch der großzügige Durchgang zur Rückseite des Hauses von der Straße aus einzusehen waren. Terrasse und Garten thronten auf einem Felsvorsprung und boten einen imposanten Ausblick über die Stadt und den Fjord. Das Grundstück allein musste Millionen wert sein. Wer sich so etwas leisten konnte, dachte Petter, der sparte auch nicht bei der Innenausstattung.

Sie hatten ihren Volvo oben an der Straße geparkt und starrten wie gebannt auf die Stelle, wo die Zufahrt zum Haus begann. Es war bereits 18.45 Uhr und der schwarze Alfa hatte sich immer noch nicht gezeigt. Mortens Finger trommelten nervös auf das Lenkrad, während Leif fast übel vor Anspannung war. Um 20 Uhr würde die Eisrevue im *Oslo Spektrum* beginnen. Wenn die beiden nicht zu spät kommen wollten, mussten sie langsam los.

Um kurz nach sieben klemmte sich Morten entnervt einen Streifen Kautabak unter die Oberlippe und schlug zwei Mal unbeherrscht auf das Lenkrad. Petter befürchtete, dass nach dem Lenkrad er an die Reihe käme.

Um Viertel nach sieben schoss plötzlich ein heller Lichtstrahl quer über die Straße. Im nächsten Moment schob sich der schwarze Alfa über die Kante der Zufahrt, bog nach rechts ab, rollte rasch den Hügel hinunter und verschwand hinter der nächsten Kurve.

»Hab ich's nicht gesagt, Alter?«, schrie ihm Morten ins Gesicht. »Hab ich's nicht gesagt?« Er packte Petter am Kragen und riss ihn zu sich herüber. Mortons Blick war euphorisch und aggressiv zugleich. Der ist doch reif für die Klapsmühle, dachte Petter, der nur mit größter Selbstbeherrschung überspielen konnte, wie sehr ihn der faulige Atem ekelte, der aus Mortens Mund drang.

»Wir warten zwanzig Minuten«, entschied Morten. »Könnte ja sein, dass die Lady ihren goldenen Lippenstift vergessen hat. Wenn sie dann nicht zurück sind, legen wir los.«

Um fünf nach halb acht ließ er schweigend den Motor an und löste die Handbremse. Weit und breit war kein Mensch zu sehen. Im Schritttempo schwenkten sie in die Einfahrt, deren grober Schotter unter den Reifen knirschte. Morten benutzte den Carport zum Wenden, fuhr halb in ihn hinein und setzte dann neben dem Haus zurück, sodass sie mit der Heckklappe in Richtung Garten standen und das Grundstück später im Vorwärtsgang wieder verlassen konnten.

Behutsam stiegen sie aus, schlossen mit dumpfem Klicken die Türen und steuerten ebenso leise wie zielstrebig die dunkelbraune Holzterrasse an, als hätten sie dies schon hundert Mal getan. Morten ließ sich von Petter die Latexhandschuhe reichen und untersuchte ohne Umschweife das Schloss der Schiebetür, die sich über die gesamte Länge der Terrasse erstreckte. Während Petter seine Taschenlampe auf das Schloss richtete, blickte er über die Schulter hinweg auf Oslos funkelndes Lichtermeer, das sich tief unter ihnen wie ein mit Sternen übersäter Kosmos ausbreitete. Zwischen den Lichtpunkten waberten seidige Nebelschwaden. Der Anblick war so atemberaubend, dass es Petter einen Stich versetzte. Wenn er doch nur in dieses Meer aus Licht eintauchen könnte, um für immer darin zu verschwinden. Dem Brontosaurus war glücklicherweise die Sicht auf ihr Tun versperrt, doch der Schein der beleuchteten Schanze erhellte den Himmel über dem Dachfirst.

»Konzentrier dich, Mensch!«, zischte Morten, weil Petter die Taschenlampe schief hielt. Minutenlang machte er sich an dem Schloss zu schaffen, versuchte es mit den verschiedensten Sperrhaken, doch ohne Erfolg. Schließlich verlor er die Geduld, riss die Werkzeugtasche auf und holte das Brecheisen heraus. Er presste das flache Ende zwischen Tür und Zarge, umfasste den Griff mit beiden Händen und drückte mit aller Kraft. Die Tür knirschte. Die Scheibe zitterte.

»Verdammte Scheiße!« Morten fluchte durch zusammengebissene Zähne. Er ließ das Eisen los, das im Spalt stecken blieb, und stützte keuchend die Hände auf die Oberschenkel. Dann packte er das Eisen erneut und stemmte sich mit seinem ganzen Gewicht dagegen. Sein Gesicht war vor Anstrengung verzerrt. Ein unterdrücktes Ächzen stieg aus seiner Kehle, das Petter wie der Laut eines gequälten Tieres vorkam. Splitternde Holzspäne flogen über die Veranda, gefolgt von einem ohrenbetäubenden Knacken. Dann glitt die Tür endlich zur Seite.

Das Knacken war Petter durch Mark und Bein gegangen. Es schien so laut gewesen zu sein, dass es über den ganzen Holmenkollen geschallt haben musste. Auch Morten richtete sich auf und lauschte angestrengt. Doch nur der leise Wind in den Bäumen und das ferne Rauschen des Verkehrs waren zu hören.

»Sollen wir nicht lieber abhauen?«, flüsterte Petter.

Morten warf ihm einen verächtlichen Blick zu und trat ein.

Im Haus war es stockdunkel. Schritt für Schritt tasteten sie sich vorwärts. Die Lichtkegel ihrer Taschenlampen wanderten durch den Raum, erfassten einen Flachbildfernseher sowie eine Hi-Fi-Anlage von Bang & Olufsen, die beide an der Wand hingen. Sie schlichen weiter, sondierten die Lage. Kamen in die Küche, in der fast alles aus blitzendem Edelstahl war, inklusive des monströsen Kühlschranks mit Eiswürfelspender und integriertem Monitor.

Morten pfiff leise durch die Zähne.

»Die können fernsehen, während sie ihre Drinks mixen«, murmelte Petter kopfschüttelnd.

»Keine Zeit zu verlieren«, mahnte Morten. »Wir fangen im Wohnzimmer ...«

»Hallo ... ist da jemand?«

Sie erstarrten in der Bewegung. Es war die hohe, zittrige Stimme einer alten Frau, die von der Terrasse zu ihnen herüberdrang. Petter fühlte den Boden unter sich schwanken. Morten bedeutete ihm, ja keinen Mucks von sich zu geben.

Sie schlichen zur Wohnzimmertür und spähten um die Ecke. In der offenen Schiebetür zeichnete sich die Silhouette einer kleinen, zierlichen Frau ab, die unschlüssig stehen geblieben war. Ihr silbriges Haar glänzte im Mondlicht. Schräg hinter ihr, auf den Holzplanken, stand die Tasche mit den Einbruchwerkzeugen.

»Hallo?«, wiederholte die Frau mit wackliger Stimme. »Ist jemand zu Hause?«

Sie trat einen Schritt vor und tastete mit unsicherer Hand nach dem Lichtschalter. Als die Deckenscheinwerfer aufflammten und das Wohnzimmer in gleißend helles Licht tauchten, verlor Petter die Besinnung. Hals über Kopf stürmte er auf die weißhaarige Frau zu, deren schreckgeweitete Augen hinter den dicken Brillengläsern riesengroß aussahen. Er rannte an ihr vorbei und sprang mit einem Satz von der Veranda herunter. Nichts wie weg hier – das war alles, was er im Sinn hatte. Hinter sich hörte er Mortens trampelnde Schritte und fuhr herum. Das Gesicht seines Kompagnons war wutverzerrt, als er auftauchte. Die alte Frau war auf die Terrasse zurückgewichen, konnte aber nicht verhindern, dass Morten ihr im Vorbeilaufen seinen Ellbogen in die Seite rammte. Sie stieß einen spitzen Schrei aus, ruderte mit den Armen und stürzte rückwärts die Stufen hinunter. Ihre Hand, die nach Halt suchte, griff ins Leere. Petter sah, dass sich ihr Wollrock wie in Zeitlupe bauschte, als sie für einen Augenblick in der Luft zu schweben schien. Dann prallte sie mit dem Hinterkopf gegen einen der schroffen Felsbrocken, die im Halbkreis ein verwaistes Blumenbeet einfassten, und blieb reglos liegen. Ein Bein stand in einem unnatürlichen Winkel vom Körper ab.

Die Zeit hielt den Atem an.

Petter, dem das Blut in den Ohren pochte, schlurfte wie in Trance auf sie zu. Fast wäre er auf die Brille getreten, die etwa einen Meter von ihr entfernt auf der nackten Erde lag. Ihr Blick war starr in den Himmel gerichtet, aus dem sich in diesem Moment die ersten Flocken lösten. Lautlos segelten sie durch die Luft, ließen sich zart auf ihrer faltigen Haut nieder und schmolzen dort.

Der gefrorene Boden war schon bald von einer pudrigen weißen Schicht bedeckt. Nur das Rinnsaal, das aus dem Hinterkopf der alten Frau sickerte, zog eine feine rote Spur durch den Schnee.

* * *

Schweigend fuhren sie durch die Nacht. Petter wusste, dass sie ihre Werkzeugtasche auf der Veranda vergessen hatten, traute sich aber nicht, es zu sagen. Vielleicht hatte Morten es auch bemerkt, vielleicht nicht.

Mortens Wangenmuskeln waren verhärtet, seine Hände krampften sich um das Lenkrad. An seinem Hals pulsierte eine Ader. Er schien unter Hochdruck zu stehen und jederzeit explodieren zu können. Doch dann sagte er mit erstaunlich beherrschter Stimme: »Hättest die Alte eben nicht schubsen dürfen!«

»Ich???« Petters Stimme überschlug sich fast. »*Du* hast sie doch …«

»Jetzt hast du einen Menschen auf dem Gewissen«, fuhr Morten kaltblütig fort. »Ich möchte nicht in deiner Haut stecken.«

Kapitel 21

Franziska hatte es sich nicht nehmen lassen, Leif höchstpersönlich zum Schulfest einzuladen. Leif war natürlich überrascht und fast ein wenig gerührt gewesen, obwohl er sich fragte, ob sich hinter ihren freundlichen Worten nicht blanke Ironie verbarg. Die spitzen Bemerkungen, die sie in seiner Gegenwart stets auf Lager hatte, verunsicherten ihn zusehends.

»Das solltest du dir nicht entgehen lassen, Leif«, hatte sie zu ihm gesagt und augenzwinkernd hinzugefügt: »Da gibt's jede Menge zu essen für wenig Geld.«

Claudia war überglücklich, wertete sie die Einladung doch als unmissverständliches Zeichen, dass ihre Tochter allmählich bereit war, Leif zu akzeptieren. »Du musst ihr nur genug Zeit geben«, sagte sie zu ihm. »Franziska kann eine ziemliche Kratzbürste sein, aber im Grunde hat sie ein weiches Herz.«

»Ich weiß einfach nie, woran ich bei ihr bin«, beklagte er sich. »Mit Lukas komme ich bestens klar, aber Franziska …« Er stieß hörbar die Luft aus und schüttelte ratlos den Kopf. »Wenn sie mich mit ihren dunklen Augen anstarrt, denke ich immer, sie würde mich am liebsten zum Mond schießen.«

»Das bildest du dir nur ein«, beschwichtigte Claudia.

»Ich glaube, sie findet wirklich nichts Gutes an mir.«

»Jetzt übertreibst du.«

»Und meine Klamotten scheinen ihr auch nicht zu gefallen.«

»Manche Kinder mögen es eben nicht, wenn sich Erwachsene jugendlicher kleiden als sie selbst.«

»Ich zieh mich ja wohl nicht an wie ein Zehnjähriger!«, protestierte er.

Claudia lachte übermütig. »Jedenfalls hat ein Zehnjähriger nicht so viele Haare auf der Brust.« Sie strich zärtlich über sein Jeanshemd. »Aber ich mag deinen Look.«

»Könnte es sein, dass du mich auf den Arm nimmst?«

»Könnte es sein, dass du heute ein bisschen empfindlich bist?«

Ihre kleine Kabbelei endete damit, dass Leif für den Rest des Tages eingeschnappt war und ankündigte, sich beim morgigen Schulfest, das wie immer am letzten Samstag vor den Weihnachtsferien stattfand, so richtig in Schale zu werfen. »Damit ich dir nicht peinlich bin«, fügte er gekränkt hinzu.

★ ★ ★

Die große Eingangshalle der Elisenbergschule war festlich geschmückt. Neben der Treppe zum ersten Stock stand ein prachtvoller Weihnachtsbaum, der mit Lichterketten, roten Kugeln und kleinen norwegischen Flaggen dekoriert war, die sich in langen Bahnen von der Spitze nach unten zogen. Überall summte und schwirrte es wie in einem riesigen Bienenstock. Schüler, Lehrer und Angehörige standen in Grüppchen zusammen oder drängten sich laut schnatternd, mit Getränkebechern und Kuchentellern beladen, durch die schmalen Gänge. Die Garderobenhaken waren unter Bergen von Taschen, Jacken und Mützen begraben.

Franziska und Alexander standen in der Aula hinter ihren dampfenden Waffeleisen und backten, was das Zeug hielt. Den Teig hatten sie bei Ohlsens am Fredriksborgveien zusammengerührt und sich von Alexanders Mutter noch zehn Gläser mit Kirschkompott aufdrängen lassen. »Wenn was übrig bleibt, verschenkt sie einfach«, hatte Katja zum Abschied gesagt. Die Herstellung von Kirschkompott war die große Leidenschaft ihrer Schwiegermutter. Bei jedem Besuch brachte sie weitere Einweckgläser mit, die inzwischen den halben Keller der Ohlsens in Beschlag nahmen.

»Und verwickel Leif ruhig in ein Gespräch, wenn er hier aufkreuzt«, ermunterte Franziska Alexander. »Bin echt gespannt, was du meinst.«

»Wird aber nicht einfach bei dem Trubel hier«, entgegnete Alexander, während er die letzten Bestellungen abarbeitete.

»Ach du Scheiße …«, murmelte sie.

»Was ist?«

»Da kommt er.«

Sie wies mit dem Kinn zur anderen Seite des Raumes. Alexander wusste sofort, wen sie meinte, als er einen drahtigen, braun gebrannten Mann mit dünnen zerzausten Haaren erblickte, der eine Sonnenbrille auf dem Kopf trug. Allerdings war er gar nicht so lässig angezogen, wie Franziska immer erzählte, sondern trug eine weiße Leinenhose, braune Slipper und ein marineblaues Sakko, das ihm mindestens eine Nummer zu klein war.

»Wo hat der denn das Spießeroutfit her?«, wunderte sich Franziska.

In diesem Moment trafen sich ihre Blicke. Leifs Gesicht platzte förmlich auseinander, so breit war sein Lächeln, als er federnden Schrittes auf sie zueilte.

»Hallo, Franziska!«, rief er schon von Weitem.

Hallo, Blödmann.

»Wo ist Mama?«, fragte Franziska.

»Ach, die hat irgendwelche Bekannten getroffen.«

Wahrscheinlich wollte sie dich so schnell wie möglich loswerden.

»Heftiges Outfit«, bemerkte Franziska süffisant.

»Tja, ich, äh ...« Er lachte verlegen. »Ich dachte, ich mach mich mal ein bisschen chic.«

Wenn das chic ist, was ist dann geschmacklos?

»Ist dir echt gelungen. Das ist Alexander.« Sie zeigte beiläufig mit dem Daumen auf ihren Klassenkameraden. »Alexander, das ist Leif.«

Sie nickten sich zu.

Komm schon, Alex. Frag ihn was.

»Willst du eine Waffel?«, fragte Alexander.

»Lieber gleich zwei«, entgegnete Leif. »Habt ihr auch Schlagsahne?«

Fresssack!

»Nein«, antwortete Franziska kurz angebunden, legte zwei fertig gebackene Waffeln auf Pappteller, klatschte je einen Löffel Kirschkompott obendrauf und ließ ein wenig Puderzucker auf die roten Hügel schneien. »Macht acht Kronen.«

Tja, Leif, jetzt musst du halt mal selber zahlen.

Leif tastete mit beiden Händen sein Jackett und seine Hosentaschen ab. Dann schlug er sich demonstrativ die Hand vor die Stirn. »Jetzt hab ich Hornochse doch glatt mein Portemonnaie zu Hause liegen lassen.«

Das darf doch nicht wahr sein!

»Ich bring euch das Geld später vorbei.« Damit schnappte sich Leif die beiden Teller, machte auf dem Absatz kehrt und tauchte in der Menge unter.

Ich bring ihn um.

Franziska kochte vor Wut, riss ein Waffeleisen auf und schleuderte mit der Kelle so viel Teig hinein, dass die Hälfte über den Rand spritzte. »Der Nächste!«

Morgen bring ich ihn um.

»Lass mich das machen«, sagte Alexander, fasste sie an beiden Schultern und schob sie ein Stück zur Seite, damit sie sich beruhigen konnte.

Verflixt, jetzt ist der wieder weg und Alex hat sich kaum einen Eindruck von ihm verschaffen können.

»Das ist so typisch für ihn«, zeterte sie. »Ich wette, der hat gar kein Portemonnaie.«

In diesem Moment tauchte ihre Mutter am Stand auf. »Hallo, Franzi, hast du Leif gesehen?«

»Der hat gerade zwei Waffeln geklaut und ist damit weggelaufen«, antwortete sie gereizt.

»Wie bitte?« Claudias Brauen schossen nach oben.

Wieso überrascht dich das? Ist doch absolut typisch für ihn.

»Hab schon meinen Vater verständigt«, erklärte Alexander grinsend. »Der Dieb kann nicht weit sein.«

Volltreffer.

»Wahrscheinlich wollte er mir eine mitbringen«, mutmaßte Claudia.

Hahaha.

»Da würde ich nicht drauf setzen«, entgegnete Franziska spitz. »Kauf dir lieber eine eigene Waffel. Macht insgesamt zwölf Kronen.«

Claudia zog seufzend ihr Portemonnaie aus der Tasche und drückte ihrer Tochter eine Zwanzigkronenmünze in die Hand. »Stimmt so.«

Zum Dank bekam sie eine Waffel mit extra viel Kirschkompott. »Ich bin dann mal im Musikraum, Lukas hat schon angefangen.«

»Bis später, Mama.«

Lukas hatte sich von Håkon überreden lassen, kurzfristig eine Schülerband zu gründen, um für die musikalische Untermalung des Festes zu sorgen. Leider hatten sie nur drei Mal zusammen üben können, und so hielt sich das Trio, das aus Håkon am E-Bass, Geir am Keyboard und Lukas am Tenorsaxofon bestand, eisern an die einstudierten vier Stücke, die sie je zwei Mal zum Besten gaben.

Um die Zuhörer von Anfang an mitzureißen, eröffneten sie ihr Konzert mit einer fetzigen Coverversion von Rihannas »Don't Stop The Music«. Als Claudia den Raum betrat, fiel ihr erster Blick auf das große Tenorsaxofon, hinter dem sich ihr Sohn befinden musste.

Ihr zweiter Blick fiel auf Leif, der an der Rückwand stand und sich hingebungsvoll die Finger ableckte. Die beiden Pappteller waren verschwunden. Vielleicht hatte er sie ebenfalls gegessen. Ihr dritter Blick galt Håkon, der gerade in ein verwegenes Solo vertieft war und gekonnt seine langen Haare fliegen ließ.

Sie gesellte sich zu dem Mann mit dem blauen Sakko. »Hat's dir geschmeckt, mein Schatz?« Leif streckte begeistert den Daumen nach oben, was sich entweder auf die Waffeln oder auf das Konzert beziehen konnte. Vielleicht meinte er auch beides. »Franziska hat recht gehabt«, sagte er. »Das hier darf man sich echt nicht entgehen lassen.«

Kapitel 22

Kommissar Ohlsen hatte noch in der Nacht ein zutiefst erschüttertes junges Paar am Holmenkollen vernommen, das die halb zugeschneite Leiche ihrer alten Nachbarin in seinem Garten entdeckt hatte. Frau Henriksen hatte schräg gegenüber gewohnt und sich schon immer durch ihr reges Interesse an der Privatsphäre ihrer Nachbarn ausgezeichnet. In der letzten Nacht war ihr diese Neugierde zum Verhängnis geworden. Am Vormittag hatte er die jungen Leute aufs Präsidium bestellt, damit sie ihre Aussage in gefassterem Zustand wiederholen konnten. Sie hatten sich für ihre Naivität verflucht, was Ohlsen nicht kommentiert hatte. Der Trick mit dem gestohlenen Fahrrad und den Eintrittskarten war im Grunde ein alter Hut.

Jetzt schnallte Ohlsen sich an der Wintersportanlage am Holmenkollen, nur wenige hundert Meter vom Tatort entfernt, seine Langlaufskier unter, um den ersten richtigen Schnee dieses Winters zu begrüßen. Außerdem musste er in Ruhe nachdenken, und das konnte er nun mal am besten, wenn sein Puls in die Höhe getrieben und seine Lunge mit reichlich Sauerstoff gefüllt wurde.

Dass die Täter ihre Werkzeugtasche auf der Veranda vergessen hatten, spielte ihm natürlich in die Hände und sprach dafür, dass sie Hals über Kopf geflüchtet waren, nachdem sie von der unglückseligen Frau Henriksen auf frischer Tat ertappt worden waren. Dass es sich um dieselben Einbrecher handelte, die ihre Opfer ansonsten mit Schokolade oder Pralinen verhöhnten, wollte er nicht ausschließen, konnte es aber nicht beweisen. Die Kriminaltechniker hatten im einen Fall Fußabdrücke und DNA-Spuren, im anderen Fall Fingerabdrücke an Tasche und Werkzeugen gesichert. Folglich hatten sie kein Vergleichsmaterial in den beiden Fällen.

Nahezu lautlos glitten Ohlsens Skier durch den frisch gefallenen Schnee, der in der Mittagssonne glitzerte. Der leuchtend blaue Himmel sah aus wie frisch gestrichen, und Ohlsen dachte, dass die Natur nirgends einen schöneren Kontrast hervorbrachte als den zwischen wolkenlosem Himmel und schneebedeckter Erde. Übermütig schlug er mit dem Skistock gegen den mächtigen Ast einer Kiefer, an der er in diesem Moment vorbeifuhr. Aus dem Augenwinkel sah er noch die funkelnde Kaskade staubfeinen Schnees, die er ausgelöst hatte. Nein, die Freuden des Winters standen denen des Sommers wirklich in nichts nach. Und wie einfach es war, an ihnen teilzuhaben. Geradezu lächerlich einfach, den Zugang zu diesem irdischen Paradies zu finden, das einem all seine Herrlichkeit Tag für Tag kostenlos zur Verfügung stellte. Angesichts dieses grenzenlosen Glücks erschienen ihm die Verbrechen, die ihn im Alltag beschäftigten, umso trauriger, unverständlicher und sinnloser.

Dass Alexander ihn auf etwas aufmerksam gemacht hatte, was er längst selbst hätte entdecken sollen, ja, entdecken *müssen*, gab ihm ebenfalls zu denken. Vielleicht wurde er langsam alt oder sollte zumindest mal einen Augenarzt aufsuchen, um seine Sehschärfe überprüfen zu lassen.

Ohlsen legte einen Zahn zu.

Er hatte gestern Abend zu Hause vor dem Computer gesessen und sich einmal mehr das Foto der flüchtenden Männer vor dem pakistanischen Lebensmittelladen angeschaut, das sein Sohn mit dem Handy aufgenommen hatte.

Alexander war hereingekommen, hatte einen flüchtigen Blick auf den Monitor geworfen und mit dem Finger auf den Nackenbereich des kleineren Mannes getippt.

»Was ist da?«, fragte Ohlsen und kniff die Augen zusammen.

»Sieht aus wie ein schwarzer Fleck. Mach mal größer.«

Erst als Ohlsen die Vergrößerung auf 400 Prozent stellte, hatte auch er erkannt, dass auf dem schmalen Streifen, der sich zwischen den dunklen Haaren und der grauen Jacke des Mannes abzeichnete, etwas Längliches, Schwarzes zu sehen war.

»Was soll das sein?«, fragte er.

»Sieht aus wie ein Tattoo«, vermutete Alexander.

»Ein Tattoo?«

»Glaub schon. Solche Nackentattoos sind bei Motorradgangs und Neonazis ziemlich beliebt.«

»Woher weißt du das?«, fragte Ohlsen erstaunt.

»Weil David Beckham auch mal so eins hatte. Da hab ich ein bisschen was darüber gelesen.«

Ohlsen war wie vom Donner gerührt. »Wenn das stimmt, Alex«, sagte er bedächtig und sah seinen Sohn durchdringend an, »dann haben wir jetzt eine ganze heiße Spur.«

»Sag Bescheid, wenn du wieder mal Hilfe brauchst«, hatte Alexander mit provozierender Lässigkeit erwidert und war aus dem Zimmer geschlendert.

An dieses Gespräch musste Ohlsen jetzt denken, während er mit raumgreifenden Schritten und fliegenden Stöcken eine kleine Steigung in Angriff nahm.

Vielleicht würde sein 13-jähriger Sohn – nachdem er bereits die Täter fotografiert und den entscheidenden Hinweis gegeben hatte – ja so gütig sein, seinem Vater zumindest die weiteren Ermittlungen zu überlassen. Sonst konnten sie Alex im Präsidium bald einen eigenen Schreibtisch zur Verfügung stellen. Oder er räumte gleich seinen eigenen, um dem fälligen Generationenwechsel nicht länger im Weg zu stehen.

Erfüllt von winzigen Selbstzweifeln und mächtigem väterlichen Stolz bezwang Ohlsen den kleinen Hügel, legte die Stöcke an und sauste ihn auf der anderen Seite wieder hinunter. Als er sich schnittig in die Kurve legte, sah er zur Linken zwischen den Bäumen einen leuchtend roten Fleck aufscheinen. Er hielt an und bewegte sich circa zwanzig Meter in den Wald hinein.

Was er sah, ließ ihn stutzen. Es war der abgetrennte Vorderlauf eines ausgewachsenen Elchs. Vielleicht war der Elch krank gewesen und hatte sich gegen seinen Angreifer nicht zur Wehr setzen können. Doch ausgesprochen seltsam war es schon, dass er so nahe der Stadt einem Braunbär oder Wolf zum Opfer gefallen sein sollte.

Der Anblick schnitt Ohlsen ins Herz. Auf das Farbenspiel von rotem Blut auf weißem Schnee, das er heute schon zum zweiten Mal zu sehen bekam, legte er definitiv keinen Wert. Und ausgerechnet er, dem jeder Aberglaube eigentlich fremd war, wurde von einer düsteren Vorahnung gepackt, dass dies womöglich nicht das letzte blutige Ereignis dieses Winters sein würde.

Kapitel 23

Auf dem Dezernat herrschte eifrige Betriebsamkeit, als Liv Eriksen ihre Mitarbeiter in den Konferenzraum beorderte. Magnus Gustavsen war mal wieder der Erste, der Platz nahm. Er hatte sich ein großes Glas Leitungswasser mitgebracht, in dem er sogleich ein blassgelbes Pulver auflöste, das dieselbe Farbe hatte wie sein Oberhemd. Er öffnete seinen Notizblock, schrieb in die obere rechte Ecke das Datum des heutigen Tages und legte sich zwei Ersatzstifte zurecht. Dann überprüfte er die Zeitanzeige seines Smartphones und warf vergleichende Blicke auf seine Armbanduhr sowie die große Wanduhr an der Stirnseite des Raumes. Er nickte zufrieden. Exakt 9.55 Uhr. Seit Magnus zu Livs Team gehörte, gab es auf dem gesamten Stockwerk weder vor- noch nachgehende Uhren.

Als Nächstes spazierte Nina Holmberg mit einem großen Caffè Latte von Starbucks und einem angebissenen Blaubeermuffin zur Tür herein. »Hallo, Magnus«, nuschelte sie mit vollem Mund und zog eine Krümelspur hinter sich her. »Hab noch gar nicht gefrühstückt. Willst du auch mal probieren?« Sie hielt ihm die unversehrte Seite ihres Muffins entgegen.

»Gott bewahre!« Magnus hob abwehrend beide Hände, als fühlte er sich bedroht. Dann strich er sich wie zur Erklärung über seinen Bauch, der so flach war wie eh und je. »Ich bin gerade auf Diät.«

»Was trinkst du denn da?«

»Einen Energiedrink auf Sojabasis. Schmeckt wie eingeschlafene Füße, aber was tut man nicht alles«, fügte er seufzend hinzu. Er setzte das Glas an die Lippen und nahm tapfer einen tiefen Schluck.

Sie schaute ihn mitleidig an.

»Morgen zusammen!«, rief Liv Eriksen, noch ehe sie über die Schwelle trat. Kjell Nygaard trippelte wie ein Hündchen hinter ihr her und redete auf sie sein, doch sie schien ihm nicht zuzuhören. Ohlsen kam als Letzter herein und schloss die Tür. Falls Bjarne sich ebenfalls zur Teilnahme an der Sitzung bemüßigt fühlte, sollte er schon selbst die Tür öffnen.

»Hei, Nils«, begrüßte ihn Nina. »Ich hab dir einen Schokomuffin mitgebracht.« Sie kramte in ihrer Aktentasche. »Irgendwo hier muss er doch sein …«

»Herzlichen Dank, aber das wäre wirklich nicht nötig gewesen«, entgegnete Ohlsen mit blitzenden

Augen, der in diesem Moment die dekorative Holzschale erblickte, die auf dem Tisch stand. Darin lagen goldgelbe belgische Waffeln einträchtig neben großzügig bemessenen Erdnuss- und Schokoplätzchen sowie einer erfreulichen Anzahl von Shortbread Fingers.

Als er zu Liv hinüberblickte, lag ein hintergründiges Lächeln in ihren Augen, das nur für ihn bestimmt war. *Bist du jetzt zufrieden?*, schien es zu sagen. *Du hast dich selbst übertroffen*, antwortete sein verschmitzter Blick.

»Am Freitagabend«, begann die Dezernatsleiterin, »hat sich in einer frei stehenden Villa am Holmenkollen ein Einbruch mit Todesfolge zugetragen. Eine alte Frau hat den oder die Täter vermutlich auf frischer Tat ertappt und musste dies mit ihrem Leben bezahlen. Gibt's schon erste Anhaltspunkte, Nils?«

»Die Täter haben eine Tasche mit Einbruchwerkzeug auf der Veranda zurückgelassen. Gestohlen wurde nichts. Offenbar wurden sie überrascht, ehe sie sich ans Werk machen konnten.«

»Irgendwelche Spuren eines Kampfes?«

»Bei der ersten Besichtigung keine. Unter den Fingernägeln der Toten befinden sich weder Haarreste noch Hautschuppen. Eine Obduktion ist bereits angeordnet worden.«

»Wenn ich mir die Tasche mal näher ansehen

dürfte«, meldete sich Nygaard beflissen zu Wort, »dann könnte ich vielleicht erste Rückschlüsse auf die Täterpersönlichkeit …«

»Darfst du, Kjell, darfst du«, versicherte ihm die Dezernatsleiterin rasch. »Ich bin sicher, dass uns deine Schlussfolgerungen wie immer von großem Nutzen sein werden.«

Nygaard, der gegen jede Form von Ironie immun war, lächtelte sichtlich geschmeichelt.

»Wir warten jetzt also das Ergebnis der Obduktion ab«, nahm Ohlsen den Faden wieder auf. »Was den Überfall mit den Clownmasken angeht«, wechselte er geschickt das Thema, »hat sich ein neuer Gesichtspunkt ergeben. Ich denke, wir stehen bei den Ermittlungen kurz vor dem Durchbruch.«

»Tatsächlich?« Liv Eriksen schaute ihn überrascht an.

Vergib mir, Alex, aber die Wahrheit ist mir zu peinlich, dachte Ohlsen, ehe er davon berichtete, wie er gestern Abend, bei nochmaligem Studium des Täterfotos, endlich auf ein entscheidendes Detail gestoßen war. Solche Nackentattoos, wie einer der Täter sie hatte, seien ja bei Motorradgangs und Neonazis sehr beliebt, erklärte er fachmännisch, weshalb ihnen Bjarnes Informant dieses eine Mal vielleicht von Nutzen sein könnte. »Apropos Bjarne, wo steckt der eigentlich?«, fragte er.

In diesem Moment flog die Tür auf und ein erhitzter und rotwangiger Bjarne Madsen stürmte in den Konferenzraum. »Tut mir sehr leid, dass ich zu spät komme«, stieß er kurzatmig aus, »aber mein Wagen ist nicht angesprungen, und als ich den Bus nehmen wollte …«

»Jetzt bist du ja da«, entgegnete Liv Eriksen, die offenbar ihren nachsichtigen Tag hatte. »Wir haben gerade von dir gesprochen.«

»Von mir?«

»Besser gesagt, von diesem geheimnisvollen Unbekannten aus der rechten Szene, der dich hin und wieder mit Informationen versorgt.« Sie sah den jungen Dänen prüfend an. »Ich brauche dir wohl nicht zu sagen, dass bei solchen Kontakten äußerste Vorsicht geboten ist. Schließlich handelt es sich um keinen V-Mann von uns, sondern um eine rein private Quelle.«

Bjarne nickte und ließ sich angespannt auf einen Stuhl sinken. Man sah ihm förmlich an, dass seine inneren Alarmlampen blinkten.

»Ich weiß deine Bemühungen durchaus zu schätzen«, fuhr die Dezernatsleiterin unbeirrt fort, »aber bist du ganz sicher, dass seine Aussagen seriös sind? Wir hätten nämlich einen Auftrag für ihn, aber wir müssen uns hundertprozentig auf ihn verlassen können.«

»Ganz sicher«, antwortete Bjarne mit Überzeugung. »Der hat sich sogar ein Nackenttatoo stechen lassen, um bei den Skins noch glaubwürdiger zu sein.«

Das Wort *Nackentattoo* schlug natürlich ein wie eine Bombe. Nur Bjarne hatte keine Ahnung, warum ihn alle mit großen Augen anstarrten und Ohlsen im nächsten Moment einen prustenden Lachanfall bekam, von dem er sich gar nicht wieder erholen wollte.

Kapitel 24

Franziska blickte trübsinnig aus dem Fenster. Das neue Jahr hatte nichts als Nebel, Kälte und Dunkelheit im Gepäck und genauso fühlte sie sich auch. Ihr ganzes Leben schien erstarrt zu sein. Die Reise nach München war eine einzige Enttäuschung gewesen. Dabei hatte sie sich grenzenlos darauf gefreut, ihre alten Freundinnen wiederzusehen, doch manche von ihnen waren verreist, andere in den Tagen zwischen Weihnachten und Neujahr ständig eingespannt gewesen. Gewohnt hatten sie bei einer alleinstehenden Freundin ihrer Mutter. Doch war es ein seltsames Gefühl gewesen, in seiner Heimatstadt nur zu Gast zu sein, weil man dort keine eigene Wohnung mehr besaß. Silvester hatten sie gemeinsam mit vielen fremden Menschen verbracht und waren schon am 2. Januar nach Oslo zurückgeflogen.

Franziska hatte sich stets vorgestellt, dass diese Reise der erste Schritt zu ihrer Rückkehr sein würde, doch nun begriff sie, dass genau das Gegenteil der Fall war. Ihre Mutter hatte ihnen mit dieser Reise Gelegenheit gegeben, sich endgültig von München zu verabschieden.

Lukas schien das leichter zu fallen als ihr. Der freute sich schon wie ein Schneekönig auf das große Hüttenabenteuer mit Leif, das ihnen an einem der nächsten Wochenenden bevorstand.

Gab es etwas, auf das *sie* sich freute? Franziska dachte angestrengt nach. Der einzige Lichtblick in ihrem Leben war derzeit ein Junge mit halb langen braunen Haaren und schmutzigen Socken, aber sie wusste ja nicht mal, ob Alexander diese Rolle überhaupt recht war.

Kapitel 25

Auf Bygdøy herrschte ausgezeichnete Stimmung. Das Jahr war erst wenige Tage alt gewesen, als im Briefkasten der Familie Ohlsen ein förmliches Schreiben des Präsidiums gelandet war. Ohlsen hatte etwas von »bürokratischer Papierverschwendung« gemurmelt, als er den Brief während des späten Frühstücks mit dem Brotmesser aufschlitzte.

»*Lieber Herr Ohlsen*«, las er schnell und leise, »*in Anerkennung Ihrer Verdienste* und so weiter und so fort«, Ohlsen überflog den langen Mittelteil, »*möchten wir Sie hiermit …*«, er hob die Stimme und betonte jedes einzelne Wort, »*… zu Ihrer Beförderung vom Kriminaloberkommissar zum Kriminalhauptkommissar beglückwünschen.*« Seine buschigen Augenbrauen schossen nach oben. »*In der Hoffnung auf eine weiterhin gute Zusammenarbeit …*«, murmelte er, »bla, bla, bla, *mit freundlichen Grüßen …*«

Ohlsen hatte den Brief an Katja weitergereicht, die ihn schweigend studierte.

»Was sagt man dazu?« Der frisch gebackene Hauptkommissar war völlig perplex.

»Kriegst du jetzt mehr Geld, Papa?«

»Denke schon. Wahrscheinlich drei Kronen im Monat.«

»Das hängt bestimmt damit zusammen, dass du den Fall mit den Clownmasken gelöst hast«, mutmaßte Katja.

»Also eigentlich war *ich* das ja«, stellte Alexander richtig.

»Tja«, sagte Ohlsen nachdenklich. »Da hast du nicht ganz unrecht. Aber die Beförderung von Kommissarskindern ist bei der norwegischen Polizei leider nicht vorgesehen.« Bei aller Freude war ihm die Sache fast ein wenig peinlich. Er hatte eine tiefe Abneigung dagegen, sich mit fremden Federn zu schmücken, und schon gar nicht mit denen seines Sohnes.

Nach der Identifizierung des Nackentattoos war es tatsächlich ein Kinderspiel gewesen, Bjarnes Informanten festzunehmen und ihm seine Schuld nachzuweisen. Die Körpermerkmale, die das Handyfoto offenbarte, sprachen eine eindeutige Sprache. Jetzt saß er in Untersuchungshaft und weigerte sich hartnäckig, den Namen seines Komplizen preiszugeben, doch Ohlsen wusste, dass dies nur eine Frage der Zeit sein würde.

Dass dem ehrgeizigen Bjarne ein wenig die Flügel

gestutzt worden waren, konnte für das allgemeine Betriebsklima nur positiv sein. Sein vorgeblicher Informant war der Joker gewesen, den er mit penetranter Regelmäßigkeit aus dem Ärmel gezogen hatte. Bjarne war stolz über seinen direkten Draht zur »Szene« gewesen, und manchmal hatte er tatsächlich über erstaunliche Informationen verfügt, war im Vorfeld unterrichtet worden, wenn irgendwo eine rechtsradikale Versammlung oder Demonstration stattfinden sollte. Allerdings waren dies stets völlig unwichtige Veranstaltungen gewesen, die für die Polizei kaum von Interesse waren.

Auch Liv Eriksen war es natürlich nicht entgangen, dass durch diese vermeintlichen Tipps kein einziges Verbrechen aufgeklärt, geschweige denn verhindert worden war. Bjarne war von seinem Vertrauensmann schön an der Nase herumgeführt worden. Er war der nützliche Idiot aus Polizeikreisen gewesen, den die Gegenseite nach Strich und Faden manipuliert und für ihre Zwecke missbraucht hatte. Ohlsen konnte sich nicht daran erinnern, wann ein Kollege je so blamiert worden war.

Ein lauter Knall riss ihn aus seinen Gedanken. Katja hatte kurzerhand eine Flasche Prosecco entkorkt.

»Ich bin ja so stolz auf euch!«, sagte sie strahlend.

Kapitel 26

Das Auto war vollgepackt bis unters Dach. Was zum einen daran lag, dass Leifs Sportwagen einen sehr übersichtlichen Kofferraum besaß. Zum anderen hatten sie so viele Lebensmittel mitgenommen, als wollten sie auf seiner Hütte überwintern.

Leif pfiff leise vor sich und war bester Laune, während sie bereits seit anderthalb Stunden durch die tief verschneite Landschaft gondelten. Er hatte ihnen absichtlich nichts verraten und gesagt, sie sollten sich einfach überraschen lassen. Während der Fahrt sprachen sie kaum ein Wort. Jeder schien seinen eigenen Gedanken nachzuhängen. Nur Claudia ließ ab und zu ein: »Schaut doch mal!«, oder: »Ist das nicht schön?«, hören. Dass sich ihre Mutter seit Neustem in eine enthusiastische Naturliebhaberin verwandelt hatte, kam Franziska mehr als suspekt vor. Früher hatte sie nicht einmal im Ansatz zu erkennen gegeben, dass ihr irgendwas an der Natur lag, doch jetzt brauchte man ihr nur einen öden Wald oder ein trübes Gewässer zu zeigen und sie geriet vor Begeisterung schier aus dem Häuschen.

In unserer Familie sind wir schon immer reine Stadtmenschen gewesen, dachte Franziska, keine Naturmenschen. In den Englischen Garten waren sie ja auch nicht gegangen, um die Eichhörnchen anzubeten, sondern um irgendeinen Biergarten anzusteuern. Lediglich im Winter waren sie in die Berge gefahren, um dort Ski zu laufen.

Nun rollten sie durch eine gottverlassene Gegend, in der sich Baum an Baum reihte. Nie zuvor hatte sie so viele Bäume auf einem Haufen gesehen. Das konnte ja ein heiteres Wochenende werden. Sie hatte schon jetzt das Gefühl, dass ihr Bedürfnis nach Bäumen für die nächsten zehn Jahre gestillt war.

Doch was war das? Am rechten Straßenrand, unmittelbar vor einer lang gezogenen Kurve, stand eine Art Tante-Emma-Laden verloren in der Landschaft. Ein unverhoffter Gruß der Zivilisation.

»Braucht noch jemand was?«, fragte Leif. »Das ist nämlich der letzte Laden, an dem wir vorbeikommen.«

Allgemeines Kopfschütteln.

»Wie weit ist es denn noch bis zur Hütte?«, wollte Claudia wissen.

»Eine schlappe halbe Stunde«, antwortete er.

Kurz darauf bogen sie in einen Forstweg ab, dessen tiefe Spurrillen sich mit Schnee gefüllt hatten. Dennoch schaukelte es ein wenig, als sie gemächlich an aufgeschichteten Baumstämmen vorbeirollten und einen geöffneten Schlagbaum passierten. Leif drosselte abermals das Tempo. Sie nahmen mehrere Kurven, ohne irgendeinem Fahrzeug zu begegnen, und hielten schließlich auf einer freien Fläche neben ein paar Mülltonnen.

»Hier können wir später auch unseren Abfall entsorgen«, erklärte Leif, als er die Heckklappe öffnete.

»Wo ist denn die Hütte?«, fragte Lukas.

»Ein Stück den Hügel hinauf und dann nach links.« Leif zeigte mit ausgestrecktem Arm auf ein steil ansteigendes Waldstück. »Jetzt beginnt der schweißtreibende Teil der Angelegenheit«, verkündete er. Sie wuchteten sich ihre prall gefüllten Rucksäcke auf den Rücken. Leif nahm in jede Hand noch einen großen Wasserkanister. Franziska wollte lieber nicht fragen, was es damit auf sich hatte.

Den ersten, flacheren Teil des Hügels bewältigten sie rasch. Sie waren ausgeruht, und nach der langen Autofahrt tat es gut, sich an der kalten, klaren Luft zu bewegen. Doch je höher sie hinaufgelangten, desto tiefer wurde der Schnee. Mit jedem Schritt sanken sie bis zu den Knöcheln, manchmal bis zu den Waden ein. Leif musste wiederholt anhalten, um die schweren Kanister abzustellen und durchzuatmen. Claudia tat alles, um die anderen bei Stimmung zu halten, doch auch ihr perlte inzwischen der Schweiß auf der Stirn. Lukas riss sich die Mütze vom Kopf und stopfte sie in die Tasche. Er kam sich vor wie ein Abenteurer auf einer Polarexpedition, bei der alle eine verschworene Gemeinschaft bildeten. Geschichten über Bergbesteigungen und Polarexpeditionen hatten ihn von jeher fasziniert, auch wenn diese meist in einer Katastrophe endeten. So weit würde es jetzt zwar nicht kommen, doch auch sie waren alle aufeinander angewiesen. Sie reichten sich die Hände, zogen sich den unwegsamen Hügel hinauf und bewahrten sich gegenseitig vor dem Abrutschen.

Irgendwann erreichten sie die auf der Anhöhe gelege Ebene und lehnten sich ausgepumpt an die nächstbesten Baumstämme – die Auswahl in dieser Hinsicht war ja nicht zu beanstanden.

»Lasst mich einfach hier zurück. Erfrieren ist ein schöner Tod«, hauchte Franziska, die an ihrem Stamm in den Schnee gesunken war.

»Nicht, Franzi, du wirst ja ganz nass.« Claudia zog sie wieder hoch.

Leif hatte die Kanister fallen lassen und rieb sich seine schmerzenden Handgelenke. Dann öffnete er seinen Rucksack und spendierte eine Runde bestes norwegisches Leitungswasser.

»Jetzt kann man die Hütte doch bestimmt bald sehen«, äußerte Claudia hoffnungsvoll.

»Ich glaube, wir müssen noch etwas weiter nach links«, entgegnete Leif, »leider sieht ja hier alles gleich aus.« Er lachte nervös. »Aber wir finden sie schon.«

Franziska spielte in Gedanken bereits verschiedene Todesarten für den Mann durch, der sie in diese Baum- und Schneehölle gelockt hatte.

Sie trotteten weiter. Glücklicherweise ging es jetzt nicht mehr bergauf. Dafür hatte sich in ihren Stiefeln massenhaft Schnee angesammelt, der allmählich zu erfrischendem Eiswasser wurde. Lukas spürte seine Füße nicht mehr, aber so war das anscheinend bei Polarexpeditionen.

»Nein, doch da lang!« Leif wandte sich wieder nach rechts. Als Claudia ihre Nervosität kaum länger verbergen konnte, sahen sie etwas Grünes durch die schneebeladenen Zweige schimmern.

»Da ist sie ja!«, rief Leif.

»Bist du sicher?«, fragte Claudia skeptisch.

»Ganz sicher!«

Die Erleichterung hätte nicht größer sein können, wären sie nach tagelangem Marsch durch die Wüste auf eine Oase gestoßen.

Franziska fasste sich an den Kopf. Wie man auf die Idee kommen konnte, eine Waldhütte ausgerechnet in Grün zu streichen, war ihr schleierhaft. Das zeigte mal wieder, was für ein Holzkopf ihr Reiseleiter doch war. Gott sei Dank hob sie sich farblich vom Schnee ab. Zu jeder anderen Jahreszeit hätten sie die Hütte wahrscheinlich nie gefunden.

Von neuer Energie erfüllt stapften sie auf das geduckte grüne Holzhaus zu, das sich in die ebenso einförmige wie harmonische Landschaft einfügte, als wäre es ein Teil von ihr. Drei schneeglatte Stufen führten zur Veranda hinauf, die einmal um die Hütte herumlief. Von der Rückseite aus sah man durch die Zweige hindurch die weiße Fläche eines kleinen Sees, der etwas tiefer und nur wenige hundert Meter entfernt lag – ganz so, wie Leif es ihnen beschrieben hatte.

Der tastete derweil die Stelle über der Haustür ab, die im Schatten der Dachschräge verborgen lag.

Nichts.

Er fuhr mit der Hand unter der Dachschräge entlang und stiefelte dabei um die halbe Hütte herum.

Wieder nichts.

Dann widmete er sich dem Dachstuhl des angrenzenden Schuppens, hielt inne und schwenkte im nächsten Moment mit schelmischer Miene einen kleinen Schlüssel hin und her. Er sah dabei aus wie jemand, der an Heiligabend mit dem Glöckchen zur Bescherung bimmelt.

Das Erste, was ihnen beim Betreten der Hütte auffiel,

war der leicht muffige Geruch, der ihnen entgegenschlug. Das Zweite, dass es dort drinnen keinen Deut wärmer war als draußen. Also behielten sie zunächst ihre Anoraks an, während Claudia und Franziska die Rucksäcke ausräumten und »die Männer« sich der archaischen Tätigkeit des Feuermachens widmeten.

In der Mitte des Wohnzimmers stand ein riesiger gusseiserner Ofen, in dem knochentrockene Holzscheite, zwischen denen zerknülltes Zeitungspapier steckte, nur darauf warteten, in Brand gesteckt zu werden. Leif riss eines der Streichhölzer an, die unter dem Ofen gelegen hatten, und schon Sekunden später begann es im Bauch des grauen Monstrums zu zischen und zu knacken.

Zeit für einen kleinen Rundgang durch das noble Quartier: Das Wohnzimmer war ein großer heller Raum, der mindestens zwei Drittel der gesamten Hütte beanspruchte. In einer Ecke befand sich eine gemütliche blaue Sitzgruppe, davor ein Couchtisch, der, wie sämtliche Fenster und Wände, aus hellem Kiefernholz war. An der gegenüberliegenden Wand stand ein rechteckiger Esstisch mit sechs Stühlen. Das Wohnzimmer mündete in einen schmalen Gang, dessen Ende eine Küchenzeile mit Gasherd beherbergte.

»Wo kühlt man denn im Sommer die Lebensmittel?«, wollte Claudia wissen, die bemerkt hatte, dass es keinen Kühlschrank gab.

»Unter der Erde.« Leif zeigte auf eine Falltür, die in den Boden eingelassen war. »Dort ist ein kleiner unterirdischer Raum, in dem es auch im Sommer schön kühl ist.«

Vom Gang zweigten zwei Schlafzimmer ab. In dem einen, in dem Claudia bereits ihre Sachen ausgebreitet hatte, stand ein breites Doppelbett. Das andere Schlafzimmer war deutlich kleiner und mit zwei Stockbetten ausgestattet. Durch ein winziges quadratisches Fenster drang trübes Licht. War ja klar, dachte Franziska. Die Erwachsenen residieren wie die Könige, während die Kinder in einer Besenkammer zusammengepfercht werden. Lukas hatte schon eines der oberen Betten erklommen und verkündet, er würde am liebsten ewig hierbleiben.

Rechts der Haustür befand sich ein kleiner Schuppen in Gestalt eines länglichen Vorratsraums, in dem sie ihre Lebensmittel deponierten: Milch, Brot, Butter, Marmelade, Nudeln, Chips, Schokolade etc.

Letzter Programmpunkt der Führung war der kleinste Raum des Hauses. Franziska war regelrecht erleichtert, als Leif die Tür aufstieß, denn sie hatte weitaus Schlimmeres befürchtet. Abgesehen davon, dass es auch hier eiskalt war, machte die karge Kammer einen fast gemütlichen Eindruck. In der Mitte einer erhöhten Sitzbank erblickte sie ein kreisrundes Plumpsklo mit Deckel. In der Ecke stand ein offener

Sack mit Torf, in dem eine kleine Schaufel steckte. Einziger Einrichtungsgegenstand war eine rote Kerze, die in einem hölzernen Halter steckte, damit man nicht vollends im Dunkeln sitzen musste. Das kleine Fenster, das nach hinten hinausging, schmückte ein rot-weiß karierter Vorhang. So konnten einem die Elche nicht zusehen, wenn man sein Geschäft verrichtete.

Als sie ins Wohnzimmer zurückkamen, zeigte das Feuer im Ofen bereits Wirkung. »Schon drei Grad«, gab Lukas fröhlich bekannt, nachdem er einen Blick auf das Thermometer geworfen hatte. Wahrscheinlich zieht Mama gleich ihren Bikini an, dachte Franziska. Claudia bereitete auf dem Herd Kaffee und Kakao zu, während Lukas und Leif über das Feuer wachten und bei Bedarf neue Scheite nachlegten, die sich in einem bauchigen Weidenkorb stapelten. »Morgen wird Holz gehackt«, verkündete der Hausherr. «Unter der Veranda müsste noch jede Menge Brennholz liegen.«

Ihre Stimmung stieg mit der Temperatur – von *frostig* über *erträglich* bis *angenehm*. Alsbald zogen sie ihre Schuhe aus und warfen, als die Zehn-Grad-Marke überschritten war, beschwingt ihre Jacken von sich.

Selbst Franziska war jetzt ziemlich aufgekratzt und schleppte ein paar Spiele herbei, die sie im Regal auf dem Flur entdeckt hatte. »Zur Auswahl stehen: *Mono-*

poly, Scrabble, Mensch ärgere dich nicht, Malefiz und *Kniffel.*«

»Warum hast du denn so viele Spiele hier?«, wunderte sich Claudia.

»Spiele gehören in jede Hütte«, erklärte Leif kategorisch.

So breiteten sie nacheinander mehrere Spiele auf dem Fußboden aus, schlürften Kaffee und Kakao, streckten ihre Füße dem warmen Ofen entgegen und glitten in träger Behaglichkeit durch die ersten Stunden ihres gemeinsamen Hüttenlebens.

★ ★ ★

Irgendwann musste Franziska erschöpft eingeschlafen sein, denn als sie wieder aufwachte, badete der Wohnraum im gelblichen Schein zahlreicher Kerzen und Öllampen, während draußen pechschwarze Dunkelheit herrschte.

Wie in einer Höhle, schoss es ihr durch den Kopf, der sich dumpf und schwer anfühlte. Als sie in den Spiegel schaute, sah sie, dass sie feuerrote Wangen und fiebrige Augen hatte. Im nächsten Moment flog ihr Wollpullover in die Ecke. Das T-Shirt darunter war völlig verschwitzt. War ja auch kein Wunder, weil das gusseiserne Ungetüm von einem Ofen die eben noch tiefgefrorene Hütte inzwischen in eine Großraumsauna verwandelt hatte. Franziska hätte sich gern gewaschen, aber so etwas war hier offenbar nicht vorgesehen. In zwei Tagen würden sie stinken wie die Iltisse, das war sonnenklar. Das Wasser in den Kanistern sei nämlich nur zum Kochen da, hatte Leif ihnen eingeschärft, der nun in rosa Polohemd und Khakishorts auf dem Sofa lag und in einer Zeitschrift blätterte. Seine gleichmäßige Sonnenbräune war Franziska ein zunehmendes Rätsel. Entweder schmierte der sich jeden Tag mit Bräunungscreme ein oder er hatte irgendeine Pigmentstörung, die für diesen unnatürlich dunklen Teint verantwortlich war. Ihre Mutter bewies derweil ihre hausfraulichen Fähigkeiten und stellte einen großen Topf mit Wiener Würstchen auf den gusseisernen Ofen. Dazu gab es weiche Brötchen, getrocknete Zwiebeln, saure Gurken, Ketchup und Mayonnaise, damit sich jeder seine eigenen Hotdogs zusammenstellen konnte.

Als sie später den Tisch abräumten, kam Lukas mit einer Zeitung herein. »Die lag bei uns unterm Bett. Können wir gleich ins Feuer werfen oder will die noch jemand lesen?«

»Gib mal her.« Claudia nahm ihm die Ausgabe des *Dagbladet* ab und schaute verblüfft auf das Datum. »Sag mal, Leif, hattest du nicht gesagt, du wärst schon ewig nicht mehr hier gewesen?«

»Ich, äh, ja …«, stotterte er. »Warum?«

»Weil die Zeitung von Anfang Dezember ist.«

»Tatsächlich?«

»Ja. Wie kommt die denn hierher?«

Leif fuhr sich nachdenklich durch seine schütteren Haare. »Tja, wie kommt die hierher?«, wiederholte er so leise, als spräche er zu sich selbst.

In diesem Moment wusste Franziska, was sie schon immer an Leifs Gesicht irritiert hatte: Seine eisblauen Augen hatten außergewöhnlich kleine Pupillen. Wie frostige Stecknadelköpfe. Auch wenn man ihm direkt in die Augen sah, drang man nicht richtig zu ihm durch. Außerdem kam ihr sein Gesicht plötzlich merkwürdig leer vor, als wäre der Abstand zwischen den einzelnen Bestandteilen größer als bei anderen Menschen. Vielleicht lag das auch an der fehlenden Sonnenbrille oder an seinem Gesichtsausdruck, der mit einem Mal etwas Verlorenes hatte. Fast tat er ihr leid. Zugleich fragte sie sich, was für eine Begründung Leif ihnen auftischen würde.

»Ach, jetzt weiß ich es wieder.« Er warf mit einer linkischen Bewegung die Hände in die Luft. »Ich hatte einem alten Kumpel gesagt, dass er jederzeit meine Hütte benutzen kann.«

»Einem alten Kumpel?«

»Ja, meinem guten alten Freund Ole. Wir konnte ich das nur vergessen?«

»Dann haben wir ja Glück, dass Ole nicht ausgerechnet an diesem Wochenende hier ist«, entgegnete Claudia. »Andererseits warte ich ja schon lange darauf, mal einen deiner Freunde kennenzulernen«, fügte sie hoffnungsvoll hinzu.

»Das wirst du bald, versprochen!«, entgegnete Leif, dem offenbar daran gelegen war, die Diskussion zu beenden, ehe sie richtig begonnen hatte. Dann marschierte er in die Küche, schnappte sich den größten Kochtopf, der unter der Spüle stand, und eilte mit ihm hinaus in die Kälte.

Die anderen schauten sich fragend an. Als Leif fünf Minuten später zurückkehrte, stellte er den Topf, der bis zum Rand mit Schnee gefüllt war, auf den Ofen. »Falls sich noch jemand waschen will«, erklärte er mit belegter Stimme. Dann verschwand er im Schlafzimmer und schloss die Tür hinter sich.

Kapitel 27

Am nächsten Morgen war Leif früh auf den Beinen. Er öffnete die quietschende Ofenklappe und vergewisserte sich, dass vom Feuer des gestrigen Tages noch genug orangefarbene Glut übrig war, um es im Handumdrehen erneut zu entfachen. Dann nahm er die Zeitung, die Lukas unter dem Bett gefunden hatte, fütterte das offene Maul des Ofens und warf die Klappe wieder zu. Sekunden später ging das Corpus Delicti in Flammen auf.

Aus den Augen, aus dem Sinn, dachte er. Seinetwegen war das Thema damit ein für alle Mal erledigt.

Es sollte ein frostklarer, strahlender Tag werden. Leif trug ein kariertes Holzfällerhemd und gab sich alle Mühe, einen kernigen norwegischen Naturburschen abzugeben. Lukas ging bei ihm in die Naturburschenlehre, die nach dem ausgiebigen Frühstück mit Holzhacken auf der Veranda begann. Während Mutter und Tochter den Abwasch erledigten, hörten sie von draußen Leifs Anweisungen, das dumpfe Geräusch der Axt, die in das Holz fuhr, das wiederholte Schlagen der Holzstücke auf den Hackklotz, bis diese krachend auseinanderbrachen und polternd zu Boden fielen. Zwischendurch feuerten sie sich an und gaben sich High five, wenn es einem von ihnen gelang, ein Holzstück mit einem einzigen Hieb zu spalten.

Danach schleppten sie stolz wie die Oskars die Früchte ihrer Arbeit zur Tür herein, füllten den Weidenkorb mit frisch gespaltenem Brennholz, stapelten die übrigen Scheite an der Wand und ließen sich von Claudia mit zwei großen Gläsern Cola belohnen.

Der Meister warf seinem Lehrling einen verheißungsvollen Blick zu. »Und jetzt, Lukas, gehen wir auf Bärenjagd!«

Claudia hatte gar nicht mitbekommen, dass Leif kurz im Schuppen verschwunden und mit einem Gewehr in der Hand wieder aufgetaucht war. Jetzt legte er an und ließ die Mündung in einem weiten Bogen durch den Raum schweifen. Vor Schreck fiel Claudia fast die Kaffeetasse aus der Hand.

»Keine Angst, ist nur ein Luftgewehr«, beruhigte er sie. Und ehe Claudia protestieren oder irgendeinen Einwand vorbringen konnte, stürzten der kleine und der große Junge schon wieder nach draußen, wo ein nahezu grenzenloser Abenteuerspielplatz lockte. Sie tollten lärmend um die Hütte herum, wirbelten mächtig Schnee auf und schossen auf alles, was sich nicht bewegte. Als Franziska durchs Fenster schaute, hatten sie auf der Brüstung der Veranda kleine Schneemänner errichtet, denen sie mit großem Hallo die Köpfe wegschossen.

»Bist du sicher, dass dein Freund schon volljährig ist, Mama?«

Claudia lächelte gequält.

* * *

Am frühen Nachmittag unternahmen sie einen Spaziergang. Die Sonne wollte sich, kaum dass sie am Himmel stand, schon wieder verabschieden. Hartes Winterlicht brach fast waagerecht durch das Dickicht der Zweige. Der eiskalte Schnee knirschte unter den Schuhsohlen, während Frostrauch aus ihren Mündern dampfte. Franziska hatte ihre Haare zu zwei schmalen Zöpfen geflochten, die dunkel unter ihrer roten Mütze hervorlugten. Claudia stapfte, ihre Hände in den Taschen vergraben, dahin und versuchte, sich jedes Detail dieser Winterwunderwelt genau einzuprägen, um sie sich später ins Gedächtnis rufen zu können. Lukas hatte darauf bestanden, das Gewehr mitzunehmen, um sich notfalls gegen Braun-, Schwarz- oder Grizzlybären verteidigen zu können. Aufmerksam ließ er seinen Blick mal hierhin, mal dorthin schweifen, als sei er allein für die Sicherheit seiner Familie verantwortlich.

Nachdem sie sich eine Zeit lang durch die hügelige, dicht bewaldete Landschaft gekämpft und einen vereisten Bach überquert hatten, tat sich plötzlich eine weite Lichtung vor ihnen auf. Unwillkürlich blieben sie stehen und atmeten tief durch, gebannt von dem großartigen Panorama, das sich ihnen bot. Franziska musste an ihre erste Begegnung mit der Paradiesbucht denken, die sich ebenso überraschend gezeigt hatte.

Vermutlich lag es an der Schönheit dieses unverhofften Ausblicks, dass ihre Konzentration kurzzeitig beeinträchtigt war. Jedenfalls nahm keiner von ihnen wahr, dass in diesem Moment, vielleicht dreißig Meter zur Rechten, ein älteres Paar zwischen den Bäumen hervorkam und geradewegs auf sie zumarschierte. Erst als ihnen ein fröhliches »Das ist ja eine Überraschung!« entgegenschallte, fuhren sie wie auf Kommando herum.

»Wer hätte gedacht, hier einer lebenden Seele zu begegnen«, sagte der Mann mit jovialem Lächeln. »Haben Sie auch eine Hütte in der Gegend?«

»Ja, wir ...«, begann Claudia, die sichtlich erfreut war, ein kleines Schwätzchen halten zu können. Doch Leif, dem offenbar der Schreck in die Glieder gefahren war, riss sie grob am Ärmel. »Wir müssen jetzt los!«, grummelte er ungehalten, setzte sich mit Riesenschritten in Bewegung und zerrte Claudia hinter sich her.

»Leif!« Claudia warf ihm einen halb vorwurfsvollen, halb verständnislosen Blick zu. »Leif, was soll denn das?«

»Erklär ich dir später«, zischte er und konnte sich gar nicht schnell genug aus dem Staub machen.

»Lukas! Franziska!«, kommandierte er, als riefe er seine Hunde.

Lukas stapfte mit geschultertem Gewehr hinter ihm her. Nur Franziska drehte sich noch einmal zu den Senioren um, die offenbar nicht wussten, was sie von diesem seltsamen Benehmen halten sollen. Ratlos starrten sie dem ungehobelten Kerl nach, der sie so brüsk hatte stehen lassen, bevor sie dem dunkelhaarigen Mädchen einen fragenden Blick zuwarfen.

Franziska kehrte die Handflächen nach oben und zuckte entschuldigend die Schultern. Dann zeigte sie mit dem Daumen in Leifs Richtung, tippte sich mit dem Zeigefinger an die Stirn und verdrehte theatralisch die Augen.

Das Paar nickte. Die Pantomime des Mädchens ließ an Deutlichkeit nichts zu wünschen übrig.

Kapitel 28

»Und er ist einfach weggelaufen?«, fragte Alexander verwundert, während er auf wackligen Beinen die erste Kurve nahm.

»Ja, er hat weder Hallo noch Auf Wiedersehen gesagt und ist ab durch die Mitte. Meine Mutter war stocksauer.« Franziska ruderte mit den Armen und wäre fast hintenübergekippt, hätte Alexander sie nicht im letzten Moment festgehalten.

Sie hatten sich an der Eislaufbahn am Studenterlunden getroffen, die im Zentrum von Oslo zwischen dem Parlament und dem Nationaltheater lag. Obwohl Weihnachten längst vorbei war, schepperte schon das zweite Mal »Last Christmas« aus den Lautsprechern.

»Und wie hat Leif das später erklärt?«

»Er hat gesagt, dass er diese Leute von früher kennt. Dass sie einem keine Ruhe lassen, wenn man sich erst mal mit ihnen abgibt. Aber das war eine dreiste Lüge!«, fügte sie mit verächtlicher Stimme hinzu.

»Woher willst du das so genau wissen?«

»Weil ich ihre Augen gesehen habe«, antwortete Franziska ebenso selbstsicher, als hätte sie ihm gesagt, dass zwei mal zwei vier ist. »Die kannten sich nicht!«

Franziska hatte ihren Rhythmus gefunden und sauste jetzt so schnell über die ovale Eisfläche, dass Alexander kaum noch mithalten konnte. Er glaubte Franziska aufs Wort, aber ihr unerschütterliches Selbstbewusstsein provozierte ihn irgendwie.

»Und warum sollte er euch anlügen?«, fragte er.

»Keine Ahnung!«, rief sie über die Schulter hinweg, weil sie inzwischen zwei Meter Vorsprung hatte. »Vielleicht hat er ja was zu verbergen.«

Na warte, dachte Alexander keuchend, legte sich mit Todesverachtung in die Kurve und ließ lässig seine Kaugummiblase platzen, als er an ihr vorbeijagte.

»Alex, pass auf!«

Alexander schoss geradewegs auf eine ältere Dame zu und konnte einen Zusammenstoß nur dadurch vermeiden, dass er sich im letzten Moment zur Seite warf und eine Frontalkollision mit der Bande in Kauf nahm. Er hielt sich schützend die Arme vor die Brust, um den Aufprall zu lindern. Dann wurde ihm schwarz vor Augen.

Als er wieder zu sich kam und ins Flutlicht blinzelte, beugte sich ein bekanntes Gesicht über ihn, doch es war nicht Franziskas.

»Ganz wie der Herr Vater«, sagte eine vertraute Stimme mit spöttischem Unterton. »Immer aktiv, immerzu auf den Beinen, wenn ich mir die unpassende Bemerkung erlauben darf.«

»Magnus, was machst du denn hier?« Alexander rappelte sich mühsam auf und rieb sich sein schmerzendes Knie.

Magnus Gustavsen war der Kollege seines Vaters, der ihm seit seiner Beförderung zum Hauptkommissar unermüdlich zur Seite stand. Ob als Assistent oder als Wachhund, war schwer zu entscheiden.

»Ich mache einen kleinen Abendspaziergang«, antwortete Magnus. »Um die Verbrennung anzukurbeln.«

»Verbrennung?«, fragte Alexander stirnrunzelnd, dem immer noch der Schädel brummte.

»Wegen meiner Diät.«

»Aha ...«

»Alles in Ordnung?«, fragte Franziska, die eher amüsiert als besorgt aussah.

»Alles bestens«, stöhnte er und machte die beiden miteinander bekannt.

»Dann will ich die jungen Leute nicht länger stören«, fuhr Magnus in seiner gestelzten Ausdrucksweise fort. »Richte deinem Vater bitte aus, dass die morgige Sitzung auf Punkt zwölf verschoben wurde. Ich hoffe, die Uhrzeit kollidiert nicht mit seinen Trainingsplänen. Wir konnten ihn nicht mehr persönlich erreichen, weil dein Vater beim Joggen nicht ans Telefon geht.«

»Ist besser für die Verbrennung«, sagte Alexander und zwinkerte ihm zu.

»Ja, da magst du recht haben. Auf Wiedersehen, die Herrschaften.« Magnus lüftete seinen Hut und spazierte davon.

»Komischer Typ«, sagte Franziska.

Alexander zuckte die Schultern.

»Und wieso soll Leif etwas zu verbergen haben?«, nahm er ihren Gesprächsfaden wieder auf, als wäre nichts geschehen.

»Fragen über Fragen«, stellte Franziska fest. »Vielleicht sollten wir uns langsam mal um Antworten bemühen.«

Sie fasste ihn am Arm und gemeinsam setzten sie sich wieder in Bewegung. »Mir ist der Typ jedenfalls nicht geheuer«, fuhr sie eindringlich fort, ihren Mund ganz nah an seinem Ohr. »Erst sucht der ewig den Schlüssel zu seiner eigenen Hütte. Dann finden wir dort eine Zeitung, die nur ein paar Wochen alt ist, obwohl er erzählt hat, dass er schon ewig nicht mehr dort war. Und schließlich ergreift er die Flucht, weil er von zwei harmlosen Rentnern angesprochen wird.«

»Weißt du, was ich glaube?«, fragte Alexander.

Franziska nickte. »Wahrscheinlich dasselbe wie ich.«

»Das ist gar nicht *seine* Hütte gewesen.«

Sie stieß ihm ihren Zeigefinger in die Brust. »Du sagst es!«

»Aber wem gehört die Hütte dann?«

»Ist doch egal. Das Entscheidende ist, dass er uns alle an der Nase herumführt, vor allem Mama.«

»Meinst du nicht, dass sie ihn bald in die Wüste schickt, ich meine, nach den letzten Erlebnissen?«

»Da kennst du meine Mutter schlecht«, antwortete Franziska. »Die liebt so schräge, undurchsichtige Typen wie ihn. Jetzt redet sie sich ein, dass Leif in seiner Kindheit ganz schlimme Dinge erlebt und irgendein Trauma davongetragen hat und deshalb manchmal so komisch ist. Je bescheuerter der sich benimmt, desto mehr Verständnis hat sie für ihn.«

»Vielleicht ist Leif ja ein Heiratsschwindler oder so«, mutmaßte Alexander.

»Ein Heiratsschwindler?« Franziska machte große Augen.

»Ja, mein Vater hat mal mit so einem zu tun gehabt. Der hatte zehn Frauen gleichzeitig und alle mit gefälschten Papieren geheiratet. Waren alles Frauen, die unheimlich viel Kohle hatten. Der hat sich von denen jedes Mal eine Bankvollmacht geben lassen, hat ruck, zuck die Konten leer geräumt und ist mit dem Geld über alle Berge.«

Franziska schluckte. »Oh Mann, hoffentlich kommt er nicht an ihr Konto ran.«

»Du sagst doch selber, wie leichtgläubig deine Mutter manchmal ist. Und ganz arm seid ihr ja auch nicht, oder?«

Franziska bekam ganz weiche Knie. »Wir müssen unbedingt was unternehmen, Alex, sonst ruiniert er uns alle!«

Zu den Klängen von »White Christmas« glitten sie gemeinsam dem Ausgang entgegen und setzten sich auf eine Bank.

»Können die nicht mal diese ätzende Weihnachtsmusik abstellen!«, meckerte Franziska, während sie mit klammen Fingern ihre Schlittschuhe aufschnürte. »Es ist schon Mitte Februar!«

»Ich glaube, die haben nur diese eine CD«, entgegnete Alexander.

Erst jetzt bemerkten sie den zähen Seenebel, der vom Hafen heraufgekrochen kam und bereits einen Großteil der Karl Johans gate verschluckt hatte. Das mittelalterliche Parlamentsgebäude schimmerte geisterhaft durch die dicke graue Suppe. Die Schreie der unsichtbaren Möwen hatten etwas Unwirkliches.

»Wir müssen etwas unternehmen, Alex!«, wiederholte Franziska flehentlich. »Das sind wir meiner Mutter schuldig.«

»Willst du etwa einen Privatdetektiv engagieren, nur weil Leif ein bisschen unfreundlich zu alten Leuten war?«

»Einen Privatdetektiv brauchen wir nicht, das schaffen wir schon allein.«

»Hast du gerade *wir* gesagt?«

»Sollte ich das nicht?«

»Kommt drauf an, was du vorhast.«

»Ich will endlich wissen, wo Leif wohnt und was er die ganze Zeit macht, wenn er nicht bei uns rumhängt und sich aushalten lässt.«

»Willst du ihn etwa heimlich verfolgen?« Alexander schüttelte den Kopf. »Wie soll denn das gehen, wenn wir den halben Tag über in der Schule sind und er meistens mit seinem roten Flitzer unterwegs ist?«

Franziska biss sich nachdenklich auf die Lippen. »Manchmal bringt er seinen Laptop mit«, sagte sie nach einer Weile. »Angeblich um die Börsenkurse zu verfolgen und so was. Aber ich glaube, er surft nur im Internet und schreibt irgendwelche E-Mails.«

»Hört sich schon besser an«, entgegnete Alexander. »Dann sollten wir uns die Kiste bei Gelegenheit mal näher ansehen.«

Kapitel 29

Petter zog fröstelnd die Schultern hoch und kuschelte sich noch tiefer in seine verschlissene Lederjacke. Verloren irrte er durch die winterlich graue Stadt. Ohne Richtung und ohne Ziel. Manchmal streckte er die Hand aus und berührte im Vorbeigehen die erleuchteten Schaufenster mit ihren verlockenden Angeboten, die ihm unerreichbar erschienen.

Er sah einem verliebten Pärchen nach, das Hand in Hand über die Fahrbahn eilte und lachend durch die sich bereits schließende Tür einer Straßenbahn schlüpfte. Erblickte hinter der Scheibe einer Kaffeebar eine Horde von Schülern, die heftig gestikulierend hinter ihren dampfenden Bechern saßen.

Er sehnte sich nach ihrer Gemeinschaft, doch das Leben hatte ihn ausgeschlossen. Manchmal gelang es ihm, sich einzureden, dass auch er dazugehörte. Das waren die Momente, in denen er sein anderes, sein zweites Leben führte.

Seit über zwei Monaten hatte er nichts mehr von Morten gehört. Seit jenem Abend, an dem alles schiefgelaufen war, was hatte schieflaufen können. Schon an der Terrassentür hatte Morten die Nerven verloren und sie wider alle Vernunft mit Gewalt aufgebrochen. Und warum nur musste er der alten Frau einen Stoß mit dem Ellbogen versetzen? Das hatte sich Petter immer wieder gefragt, ohne zu einer schlüssigen Antwort zu kommen. Wahrscheinlich eine typische Kurzschlusshandlung. Ein aggressiver Impuls, der den gesunden Menschenverstand außer Kraft gesetzt hatte.

Oder hatte Morten die Frau töten wollen, damit sie der Polizei keine Täterbeschreibung geben konnte? Ihren Tod zumindest in Kauf genommen? In der Zeitung hatten sie es *Mord* genannt. Petter zitterte vor Wut, wenn er daran dachte, dass Morten später versucht hatte, ihm die Schuld dafür in die Schuhe zu schieben.

Seitdem herrschte absolute Funkstille zwischen ihnen, worüber Petter sich eigentlich freuen sollte. Doch diese Stille verhieß nichts Gutes. Morten war eine tickende Zeitbombe.

Petter überschlug seine Möglichkeiten. Er konnte sich der Polizei stellen. Konnte aufs nächstbeste Revier gehen, sein Gewissen erleichtern und ein Geständnis ablegen. Gewiss wäre es ihm eine Genugtuung, wenn Morten da landen würde, wo er hingehörte – hinter Schloss und Riegel. Andererseits würde Morten versuchen, alle Schuld auf ihn abzuwälzen, und wer konnte schon sagen, wem von ihnen sie glauben würden. Am Ende landeten sie noch in einer Doppelzelle, dann konnte er sich gleich einen Strick nehmen. Nein, ein Geständnis barg zu große Risiken.

Und wenn er … um Himmels willen! Er wies diese Eingebung weit von sich. Er musste den Verstand verloren haben. Er konnte doch nicht allen Ernstes mit dem aberwitzigen Gedanken spielen, Morten aus dem Weg zu räumen …

Oder doch?

Ihm schwindelte vor Aufregung. Wenn er Morten unauffällig beseitigte, wäre das die perfekte Lösung. Dann konnte ihm niemand mehr etwas anhängen, und was die Einbrüche betraf, würde man ihm nichts nachweisen können, da war er ziemlich sicher. Er kicherte in sich hinein, berauscht von dieser Vorstellung. Doch er wusste, dass es nur eine verzweifelte Fantasie war. Er wäre nicht in der Lage dazu. Wollte es auch nicht sein. Er war nicht wie Morten.

Plötzlich fuhr ihm der Schreck in die Glieder. Und wenn Morten längst plante, *ihn* zu beseitigen? Wenn er schon an einem konkreten Plan arbeitete, den lästigen hasenfüßigen Petter loszuwerden, ehe der die

Nerven verlor und Hals über Kopf zur Polizei rannte? Sicherlich hatte Morten keine Lust, wegen seines nervenschwachen Kompagnons im Gefängnis zu landen. Und Morten war skrupellos genug, die geeigneten Gegenmaßnahmen zu treffen.

Vermutlich wäre es das Beste, eine Zeit lang unterzutauchen, dachte Petter. Sich irgendwo zu verstecken, wo ihn niemand finden konnte.

Als Petter den Kopf hob, sah er zur Rechten die Amerikanische Botschaft und zur Linken die Seitenfront des norwegischen Königsschlosses. Er wunderte sich darüber, wie weit ihn seine Füße getragen hatten, während er vor sich hin gegrübelt hatte. Er warf einen Blick auf die Uhr: 14:30. Auf dem Schlossplatz begann in diesem Moment der Wachwechsel der Königlichen Garde. Eine neue Abordnung der Wachen marschierte in ihren dunkelblauen Uniformen bereits das sanft ansteigenden Gelände hinauf, um ihre Kameraden abzulösen. Petter überlegte, sich die Wachablösung mal wieder aus der Nähe zu betrachten, was er schon lange nicht mehr getan hatte. Da erblickte er auf der Mitte des Vorplatzes zwei Jungen, die ihm irgendwie bekannt vorkamen. Er kniff die Augen zusammen. Den einen kannte er tatsächlich und auch den anderen glaubte er schon einmal irgendwo gesehen zu haben.

Kapitel 30

Lukas und Elias standen vor dem Königsschloss und verfolgten den Wachwechsel gemeinsam mit einer Handvoll amerikanischer Touristen. Elias hatte eine große Tüte mit Rosinenbollen dabei. So ein Wachwechsel war eine zeitraubende Angelegenheit, da brauchte man Verpflegung.

Also mampften sie ihre weichen, nach Kardamom schmeckenden Rosinenbrötchen, während die Gardisten mit ihren dunkelblauen Uniformen und den seltsamen Federbuschen an den Hüten zackig hin und her marschierten, sich unverständliche Kommandos zuriefen, mit ihren klobigen Schuhen stampften und salutierten.

»Zur Garde gehört auch ein Pinguin«, sagte Elias plötzlich.

»Willst du mich verarschen?«

»Nein, ganz ehrlich. Der heißt Nils Olav und ist von ihnen adoptiert worden. Erst haben sie ihn zum

Ehrenoberst ernannt und später zum Ritter geschlagen.«

»Und wo ist er jetzt, dieser Pinguin?«

»In Schottland im Zoo«, sagte Elias.

Lukas tippte sich an die Stirn.

Ein böiger Wind war aufgekommen und trieb feine Schneeflocken vor sich her, was der gesamten Veranstaltung eine dramatische Note verlieh. Die Wachen marschierten nun in Dreierreihen an der Fassade des Schlosses entlang, hoben synchron ihre Beine und setzten sie so kräftig auf die Erde, dass der stampfende Rhythmus ihrer Schritte über den Schlossplatz hallte.

Die eigentliche Wachablösung sollte vor einer der malerischen Wachstuben vollzogen werden, die mit ihren gelben Holzlatten und weißen Giebeln wie gemütliche Ferienhäuschen aussahen. Jedenfalls standen sich dort zwei Abordnungen mit geschulterten Gewehren gegenüber, die Mienen ebenso starr wie ihre Körper, während immer gewaltigere Schneemengen auf sie niedergingen.

Minuten verstrichen, nichts geschah.

Nur die weißen Hauben auf den Hüten der rotwangigen Gardisten wuchsen.

Der ins Stocken geratene Wachwechsel erinnerte an ein erstarrtes Puppenspiel, dessen Mechanik eingefroren war. Und in großer Höhe machte sich offenbar jemand einen Spaß daraus, sämtliche Schneereserven des Himmels zu mobilisieren und genau über dem Osloer Schlossplatz auszukippen.

Die amerikanischen Touristen hatten längst das Weite gesucht. Nur Lukas und Elias trotzten heroisch dem wirbelnden weißen Inferno. »Wenn die sich nicht beeilen«, sagte Lukas und kniff die Augen zusammen, »müssen ihre Kameraden sie später mit Schneeschaufeln ausgraben.«

Endlich traten zwei Offiziere aufeinander zu, murmelten kaum hörbare Kommandos und drehten sich so mechanisch umeinander wie Holzfiguren auf einer Drehscheibe.

Die eingeschneiten Gardisten erwachten zum Leben, und während die neuen ihre Wachpositionen einnahmen, stapften die alten im Gänsemarsch durch die Tür der Wachstube, die sich vor ihnen wie von Geisterhand geöffnet hatte und hinter ihnen ins Schloss fiel.

Ende der Vorstellung.

Ende des Schneefalls.

Als wäre der Schnee ein Bestandteil der Show gewesen und danach sofort abgestellt worden. Lukas und Elias schauten sich überrascht an. Dann schüttelten sie die Haare und klopften sich gegenseitig den Schnee von den Kleidern.

»Komm mit!«, rief Elias.

Gemeinsam liefen sie zur Rückseite der Wachstube und spähten durch ein Fenster. Niemand hinderte sie daran. Die königlichen Wachen hatten ihre Uniformjacken ausgezogen, fläzten sich auf breiten Sofas und schienen sich wahrhaft königlich zu amüsieren. War ja auch kein Wunder, wenn man die Wahl ihres Fernsehprogramms bedachte. Auch Lukas und Elias liebten die *Simpsons* über alles.

Kapitel 31

Die Atmosphäre hatte sich unmerklich gewandelt. Zwar hätte niemand sagen können, was genau sich verändert hatte, doch seit ihrem gemeinsamen Hüttenwochenende lag ein latentes Misstrauen in der Luft. Franziska benahm sich wie ein Raubtier, das seine Beute belauert und nur auf den richtigen Augenblick zum Angriff wartet.

Und obwohl sich bisher keine Gelegenheit ergeben hatte, Leifs Laptop zu untersuchen, war Franziska in ihrem Misstrauen bestärkt worden. »Der Typ ist wirklich seltsam«, hatte Alexander nach einem Abendessen im Kreise der Familie Fischer und ihres dubiosen Dauergasts festgestellt. Das hatte Franziska genügt. Sie wusste um Alexanders gute Beobachtungsgabe – zumal er ihr in aller Bescheidenheit seine kriminalistischen Erfolge anvertraut hatte, die seinen Vater auf der Karriereleiter nach oben katapultiert hatten. »Mein Papa hat jetzt einen zweiten Stern auf der

Schulterklappe«, sagte er grinsend. »Und wem hat er das zu verdanken?«

Rhetorische Frage, dachte Franziska, die auf so etwas aus Prinzip nicht antwortete, aber ein bisschen stolz war sie schon auf ihren Freund.

Warum ihre Mutter weiterhin so tat, als sei alles in bester Ordnung, konnte Franziska beim besten Willen nicht nachvollziehen. Sie musste an das Bild von den drei Affen denken, die sich Ohren, Augen und Mund zuhielten. Die partout nichts Schlechtes hören, sehen und sagen wollten. Ihre Mutter war genauso. Deshalb hatte ihr Franziska auch nicht von der heftigen Auseinandersetzung mit Leif erzählt, die sich vor ein paar Tagen ereignet hatte und die sie sich jetzt noch einmal ins Gedächtnis rief.

Leif hatte sich in einem Anfall spontaner Hilfsbereitschaft dazu bereit erklärt, zum Kiwi-Supermarkt zu gehen, der direkt um die Ecke lag, um noch etwas Milch zu kaufen. Wahrscheinlich dachte er, das würde ihm bei Franziska ein paar Pluspunkte eintragen und sie dazu bringen, sich ein wenig zu entspannen, statt ihn mit ihren dunkelbraunen Augen in Grund und Boden zu starren. Er fühlte sich ihren Blicken offenbar nicht gewachsen, deren Ausdruck irgendwo zwischen Skepsis, Spott und unverhohlener Abneigung lag. Leif war noch nicht lange aus dem Haus, als sein Handy vibriert hatte, das auf dem Küchentisch lag. Ohne lange nachzudenken, hatte Franziska auf die grüne Taste gedrückt und das Handy an ihr Ohr gehalten.

»Hallo?«

Sie hörte jemanden atmen.

»Wer ist denn da?«

Klick.

Eine Minute später zeigte eine kurze Tonfolge den Eingang einer SMS an. Jetzt überlegte sie ein wenig länger. Sie war sich nicht sicher, ob Leif es merken würde, wenn sie die Nachricht las. Aber was riskierte sie schon dabei? Sie öffnete das Postfach und klickte *Neue Nachrichten* an. Die Botschaft bestand aus vier Worten:

Ruf mich an! Morten

Während sie immer noch nachdenklich auf das Display starrte, hörte sie ein Geräusch an der Tür. Rasch schloss sie das Postfach und knallte das Handy zurück auf den Tisch, doch zu spät.

»Was machst du da?«, fuhr er sie an und riss das kleine schwarze Gerät an sich.

»Nichts, ich wollte nur ...«, stammelte sie.

»Wer hat dir erlaubt, an mein Handy zu gehen?« Leifs Finger jagten über die Tasten. »Was hast du gemacht?«, rief er wütend. Dann erstarrte sein Blick. Seine winzigen Pupillen weiteten sich. Während sich seine linke Hand um das Handy krallte, hob er seine zitternde Rechte und Franziska fürchtete für einen kurzen Moment, er wollte sie schlagen oder an der Kehle packen. Doch er presste nur »Du, du …« zwischen den bebenden Lippen hervor. Dann war er wie ein Betrunkener aus der Küche getaumelt.

* * *

Als sich am Samstagabend, während sie gemeinsam vor dem Fernseher saßen, erneut Leifs Handy meldete, läuteten bei Franziska alle Alarmglocken. Schon die Art, wie er auf das Display starrte und nervös ins Schlafzimmer huschte, signalisierte Franziska, dass etwas im Busch war. »Bin gleich wieder da«, sagte sie rasch und stand ebenfalls auf. Neben dem Badezimmer besaß ihre Wohnung noch eine zweite Toilette, die zum einen an den Eingangsbereich, zum anderen an das Schlafzimmer ihrer Mutter angrenzte. Das Außerordentliche an dieser Toilette war ihre sagenhafte Akustik. Nahezu jedes Wort, das im Schlafzimmer gesprochen wurde, war dort so klar und deutlich zu hören, als gäbe es keine Wand dazwischen. Franziska schloss lautlos die Tür, setzte sich hin und lauschte.

»… dir doch gesagt, dass du mich nicht mehr anrufen sollst!« Obwohl er flüsterte, schien Leif ziemlich in Rage zu sein.

»Was? Das kann doch nicht dein Ernst …«

– –

»Ausgeschlossen. Ich mach da nicht mehr mit.«

– –

»Weil ich keinen Bock hab, in den Knast zu wandern. Und weil ich mir hier ein neues Leben aufgebaut habe.«

– –

»Wieso Schulden?«

– –

Leifs Stimme war plötzlich sehr kleinlaut geworden. »Du hast gesagt, dass ich nichts mehr zahlen muss.«

– –

»Veränderte Situation?«

– –

»*Du* hast die Alte doch von der Terrasse gestoßen, verdammt! Weil du dich eben nie in der Gewalt …«

– –

»Ich reg mich ja schon ab.«

– –

»Ein letztes Treffen … meinetwegen.«

– –

»… Moment, ich schreib's auf.«

– –

»Okay, Maridalsvannet … Hammeren, wo der 51er-Bus hält … ja, kenne ich.«

– –

»Roter Bauernhof, direkt an der Haltstelle, links vorbei, Feldweg bis zum Ende durch, braune Hütte, in der Nähe der Scheune. Okay.«

Franziska schlug das Herz bis zum Hals. *Maridalsvannet, Hammeren, 51, roter Bauernhof, links vorbei, Feldweg bis zum Ende, braune Hütte, Scheune … Maridalsvannet, Hammeren, 51, roter Bauernhof, links vorbei, Feldweg bis zum Ende, braune Hütte, Scheune*, sagte sie sich immer wieder.

»Montag früh um zehn«, sagte Leif schließlich. »Ich werde da sein.«

Kapitel 32

Franziska dachte angestrengt nach. Ein ums andere Mal hatte sie das, was sie gehört hatte, in ihrem Kopf hin und her gewälzt. Hatte versucht, seinen knappen Worten einen Sinn zu entlocken und sich das zusammenzureimen, was sein unhörbarer Gesprächspartner gesagt haben mochte. Es schien sich jedenfalls um eine ernste Sache zu handeln, wenn Leif »keinen Bock hatte, in den Knast zu wandern«. Genau das waren seine Worte gewesen. Und was meinte er damit, dass er »nicht mehr mitmachen« wollte und sich »hier ein neues Leben aufgebaut« hatte? Waren *sie* – Franziskas Familie – etwa sein neues Leben? Was hatte es dann mit seinem *alten* Leben auf sich?

Was sie aber am meisten aufgeschreckt hatte, war der eine Satz gewesen: »*Du* hast die Alte doch von der Terrasse gestoßen, verdammt!« Das hörte sich wirklich ziemlich brutal an. Vielleicht hatte sich eine alte Frau verletzt, weil jemand von ihnen unachtsam gewesen war. Und jetzt stritt sich Leif mit seinem Bekannten, wessen Versicherung dafür aufkommen musste.

Am liebsten hätte sie über all das mit Alexander gesprochen. Hätte sich mit ihm beraten, was sie jetzt tun sollten. Aber Alexander war mit seinen Eltern bei irgendwelchen Verwandten und würde erst im Laufe des Montags zurückkommen. Montag war der erste Tag ihrer Osterferien. Lukas übernachtete bei Elias, das hatten sie bereits ausgemacht, und ihre Mutter würde am Montagmorgen ganz normal zur Arbeit fahren …

Ein verwegener Gedanke zuckte durch ihr Hirn: Warum sollte sie sich gleich an ihrem ersten Ferientag langweilen und die Zeit totschlagen, bis alle anderen von ihren Vergnügungen zurückkehrten? Sie lief zum Telefontisch im Flur, auf dem auch ein Stadtplan von Oslo lag. Sie faltete ihn auseinander und suchte den See namens Maridalsvannet, der sich im Norden der Stadt befand. Sie hatte sich die Wegbeschreibung auf einem Zettel notiert, doch kannte sie die Stichwörter, die Leif am Telefon gesagt hatte, inzwischen auswendig: *Maridalsvannet, Hammeren, 51, roter Bauernhof, links vorbei, Feldweg bis zum Ende, braune Hütte, Scheune.*

Sie fand die Buslinie 51 und entdeckte nach einigem Suchen auch die Haltestelle Hammeren, die westlich des Sees am Maridalveien lag, der sich einsam durch das riesige Waldgebiet schlängelte, das dort seinen Anfang nahm. Wäre doch gelacht, dachte sie, wenn ich die braune Hütte nicht finde.

Mit Alexander konnte sie später immer noch reden. Und seinen Vater wollte sie erst in Kenntnis setzen, wenn sie etwas Konkretes in der Hand hatte. Sie konnte ja nicht wegen ein paar aufgeschnappter Gesprächsfetzen gleich die Polizei alarmieren und Leif womöglich in größte Schwierigkeiten bringen. Doch wenn sie am Montag bei dieser Hütte irgendwelche seltsamen Beobachtungen machte – dann würde sie sich nicht länger zurückhalten. Sorry, Leif!

Kapitel 33

Leif dachte keine Sekunde daran, am Montagmorgen zu dieser Hütte zu fahren, die Morten ihm beschrieben hatte. Er war die Verabredung nur zum Schein eingegangen, weil Morten sonst keine Ruhe gegeben hätte. Der Typ war größenwahnsinnig und unberechenbar. Hatte ihn angerufen, um ihn zu einem neuen Einbruch zu überreden. Über die Sache am Holmenkollen wäre längst Gras gewachsen, meinte er. Als Leif ihm klipp und klar gesagt hatte, er mache nicht mehr mit, hatte Morten versucht, ihn zu erpressen. Wollte Leif einreden, er hätte immer noch Schulden bei ihm, wollte ihm abermals weismachen, dass er die alte Frau auf dem Gewissen habe, um ihn kleinzukriegen. Um die letzten Reste seines Selbstbewusstseins zu zerstören. Aber das würde ihm nicht gelingen.

Ich muss untertauchen, dachte Leif. Das war der einzige Ausweg, der ihm noch blieb. Morten wollte ihn in eine Falle locken, das stand fest. Warum hätte er als Treffpunkt sonst eine einsame Hütte in der Nähe eines Sees vorgeschlagen? Dort wollte er ihn unschädlich machen, um seinen lästigen Kompagnon und Mitwisser ein für alle Mal loszuwerden.

Außerdem war Franziska drauf und dran, ihm auf die Schliche zu kommen. Hatte heimlich seine SMS gelesen, worauf er völlig die Beherrschung verloren hatte. Die wartete doch nur darauf, dass er irgendeinen Fehler machte und sich verriet. Und wenn *sie* ihm nicht nachspionierte, dann war da noch ihr aufdringlicher Freund Alexander, der ihm neulich beim Abendessen so neugierige Fragen gestellt hatte. Wo er aufgewachsen sei. Was er beruflich mache. Welche Hobbys er habe. Wie der Oberstaatsanwalt persönlich!

Als Franziska lächelnd bemerkt hatte, diese Art zu fragen läge in der Familie, Alexanders Vater sei nämlich Kriminalhauptkommissar, war er tatsächlich zusammengezuckt wie ein schreckhafter kleiner Ganove. Nein, ihm wurde das Pflaster hier endgültig zu heiß unter den Füßen. Er musste verschwinden, und zwar auf der Stelle.

Kapitel 34

Am Montagmorgen wachte Franziska ungewöhnlich früh auf, obwohl Ferien waren. Sie hatte sich ihren Wecker vorsichtshalber auf 7.30 Uhr gestellt, aber das wäre gar nicht nötig gewesen. Sie spürte ein aufgeregtes Kribbeln, als müsste sie heute eine wichtige Klausur schreiben oder ein schwieriges Referat halten. Die günstigste Verkehrsverbindung hatte sie gestern schon nachgeschlagen. Wenn sie zwei Mal umstieg, konnte sie ausschließlich den Bus benutzen und würde für die Fahrt von Frogner bis Hammeren knapp vierzig Minuten benötigen. Sie könnte zwischendurch auch in die Straßenbahn oder U-Bahn umsteigen, aber das machte die Sache nur unnötig kompliziert und sie wollte sich nicht verfahren und womöglich Zeit verlieren.

Als ihre Zimmertür um kurz vor acht behutsam aufgeschoben wurde, hatte Franziska sich vorsorglich zur Wand gedreht und die Augen geschlossen. Lautlos wie eine Maus zog sich ihre Mutter wieder zurück. Im nächsten Moment hörte Franziska die Wohnungstür ins Schloss fallen.

Sie stand auf, öffnete ihre eigene Tür einen Spaltbreit und legte sich wieder hin. Auf diese Weise konnte sie den Flur im Augen behalten. Etwa eine Viertelstunde später beobachtete sie, wie Leif in seiner schwarzen Lederjacke eine prall gefüllte Reisetasche an ihrem Zimmer vorbeitrug, die Haustür öffnete und im Treppenhaus verschwand. Was mochte sich in der Tasche befinden? Vielleicht war der Inhalt ja für die Person bestimmt, mit der er sich treffen wollte. Sie wartete noch eine Weile, doch Leif kehrte nicht mehr zurück.

Perfektes Timing, dachte Franziska um 8.30 Uhr. Sie lag gut in der Zeit und konnte sich sogar noch ein ausgiebiges Frühstück gönnen.

★ ★ ★

Nachdem sie das zweite Mal umgestiegen war und nur noch wenige Haltestellen vor sich hatte, wurde ihr doch ein bisschen mulmig zumute. Sie sollte Alexander wenigstens eine SMS schreiben, sonst würde er sie womöglich für ihren Alleingang kritisieren. Würde ihr vorwerfen, vorschnell gehandelt und sich unnötig in Gefahr gebracht zu haben. Aber was sollte schon groß passieren?

Sie unternahm zwei, drei Versuche, doch alles, was sie schrieb, kam ihr ungeschickt und umständlich vor, also ließ sie es bleiben. Seufzend steckte sie ihr Handy zurück in die Hosentasche, während sie skeptisch zur schwelenden Wolkendecke emporblickte. Zumindest hatte sie vorsorglich ihre Gummistiefel angezogen, weil schon seit einiger Zeit Tauwetter herrschte und der Waldboden sicherlich nass und matschig sein würde. Ihren wasserdichten roten Anorak hatte sie lieber zu Hause gelassen, weil die Farbe zu auffällig war. Stattdessen trug sie eine dunkelblaue, für diese Jahreszeit viel zu dünne Windjacke.

Der Bus, in dem außer Franziska nur ein älterer Mann saß, der mit dem Kopf an der Scheibe vor sich hin döste, hatte das Stadtgebiet verlassen, rollte durch schummrige Waldstücke, passierte brachliegende Felder und ein vereinzeltes Gehöft. Zur Rechten konnte sie jetzt den Maridalsvannet ausmachen, dessen Wasseroberfläche von metallisch grauer Farbe war. »Nächster Halt: Hammeren« stand auf der elektronischen Anzeige.

Franziska stieg aus und sah sich nach einem roten Bauernhof um. Da sie keinen entdecken konnte, schlenderte sie aufs Geratewohl die Straße entlang, während ihr Windböen ins Gesicht schlugen. Eine Mütze wäre jetzt eine gute Sache gewesen, doch sie hatte nicht damit gerechnet, dass das Wetter hier draußen ungleich rauer sein würde als in der Stadt. Fröstelnd schlug sie den Kragen ihrer dünnen Jacke hoch.

Gleich hinter der nächsten Kurve fand sie, wonach sie gesucht hatte, und da keine anderen Gebäude in Sicht waren, stapfte sie unmittelbar auf den ochsenblutroten Hof zu, der seltsam verlassen dalag. Menschen und Tiere schienen sich bereits nach drinnen geflüchtet zu haben. Die schwelende Wolkendecke hatte sich mittlerweile stahlblau verfärbt und hing wie ein marmorierter Deckel über den Wiesen. Franziska erblickte einen schmalen, von bleichen Gräsern überwucherten Weg, der wie ein breiter Trampelpfad aussah und direkt in den Wald hineinführte. Das musste der Feldweg sein, von dem die Rede gewesen war. Am Wegesrand erblickte sie einen betagten schwarzen Volvo. Leifs Auto war nicht zu sehen. Sie schaute auf die Uhr. Schon kurz nach zehn. Franziska beschleunigte ihre Schritte.

Sobald sie die erste Baumreihe hinter sich gelassen hatte, war vom Tageslicht kaum noch etwas zu sehen. Im dichten Tannengrün war es so schummrig, dass ihr eine Taschenlampe gute Dienste geleistet hätte. Nur die weißen Schneereste blinkten zwischen den Bäumen hindurch, während der sumpfige Waldboden an ihren Stiefeln saugte. Mit schmatzenden Schritten kämpfte sie sich voran, während der Weg zusehends schmaler wurde.

Nach weiteren zehn Minuten begann sie an ihrer ganzen Unternehmung zu zweifeln. Inzwischen war der durchfeuchtete Pfad, der ihr als einzige Orientierung diente, so schmal geworden, dass sie fürchtete, sich in diesem düsteren Baumlabyrinth zu verirren. Sie wusste, dass hier die sogenannte Nordmarka ihren Anfang nahm – das mehrere hundert Quadratkilometer große Waldgebiet, das sich im Norden an die Stadt anschloss. Wenn sie hier vom Weg abkam, dann hatte sie ein ernsthaftes Problem. Sie warf einen Blick auf ihr Handy. Funkloch.

Als sie schon ihre hirnrissige Idee verfluchte, sich als Privatdetektivin zu betätigen, sah sie ein gelbliches Licht durch die Zweige schimmern. Allmählich zeichneten sich die Umrisse mehrerer weiß umrandeter Fenster ab, die sich vom dunklen Braun einer Hütte abhoben. Vorsichtig trat sie näher heran. Die Fenster waren hell erleuchtet. Franziska erschrak, als plötzlich die Silhouette eines gedrungenen Mannes hinter dem Fenster erschien. Kein Zweifel, sie war am Ziel.

Sie sah den Mann nur von hinten, doch allein sein Stiernacken und die militärisch kurz geschorenen Haare ließen erkennen, dass es nicht Leif war. Es musste sich um seinen rätselhaften Bekannten handeln, der vermutlich auf ihn wartete. Jedenfalls war sich Franziska ziemlich sicher, dass Leif noch nicht eingetroffen war. Dass er sich verspätet hatte. Sie warf einen prüfenden Blick zurück, damit er sie nicht etwa von hinten überraschte, doch sie starrte nur in undurchdringliches Dunkel. Über ihr grollte der Donner, während die ersten Regentropfen den Weg zu ihr nach unten fanden.

Nahezu lautlos schlich sie auf die Giebelseite der Hütte zu und wollte sich gerade mit dem Rücken an die Wand drücken, als quietschend die Haustür aufschwang. Franziska schnappte nach Luft und hielt den Atem an. Wartete ein paar Sekunden, bevor sie es wagte, um die Ecke zu spähen. Der Mann, der das zerknautschte Gesicht einer Bulldogge hatte, war direkt vor der Tür stehen geblieben und zündete sich eine Zigarette an. Blies den Rauch in die gewittrig aufgeladene Luft. Legte missmutig den Kopf in den Nacken und warf einen grimmigen Blick nach oben. Mit wummerndem Herzen schob Franziska ihre Füße behutsam zur Seite, um sich weiter von der Hausecke zu entfernen. Ihre schweißnassen Hände tasteten sich Zentimeter für Zentimeter an den kalten, rauen Holzlatten entlang.

KNACK!

Sie musste auf einen Ast getreten sein. Für einen Augenblick war es vollkommen still. Dann hörte sie schwere Schritte auf sich zukommen und rannte panisch los. Sie traute sich nicht, den Kopf zu wenden, doch sie wusste, dass der Mann hinter ihr her war.

»Bleib stehen!«

Seine schroffe Reibeisenstimme traf sie wie ein Hieb im Rücken und schien ihre Beine zu lähmen. Die klobigen Gummistiefel hingen wie Bleigewichte an ihren Füßen und sanken mit jedem Schritt in den durchweichten Boden ein. Verzweifelt jagte sie um eine, dann um die nächste Ecke der Hütte und hetzte blindlings weiter. Hinein ins Dunkel. Hinein ins Nirgendwo. Sie umkurvte die Bäume wie Slalomstangen, stolperte über eine Wurzel und konnte sich gerade noch an einem Baumstamm abstützen. Ein umgestürzter Stamm versperrte ihr den Weg, sie sprang darüber hinweg, hörte nur ihr eigenes Keuchen und blickte panisch über die Schulter. Aus dem Augenwinkel sah sie ihren Verfolger, der direkt hinter ihr war. Im nächsten Moment hatte er sie gepackt und schleuderte sie mit dem Gesicht voran zu Boden. Sie wollte schreien, doch ihr Schrei erstickte in einem der Schneereste.

Kapitel 35

Claudia hatte mehrfach versucht, Franziska zu erreichen. Doch zu Hause war niemand ans Telefon gegangen und bei Franziskas Handy sprang sofort die Mailbox an. Claudia machte sich zunächst keine Gedanken darüber. Sie wollte nur fragen, was sie zu essen einkaufen sollte, weil sie heute etwas früher nach Hause kommen würde. Schließlich waren ja Osterferien, und sie hatte sich fest vorgenommen, so viel Zeit wie möglich mit ihren Kindern zu verbringen. Um kurz nach elf erreichte sie Lukas, der von der Übernachtung bei Elias heimgekehrt war. Er hatte bisher weder Leif noch Franziska zu Gesicht bekommen, plädierte aber leidenschaftlich für Pizza und Cola.

»Okay, Pizza und Salat«, willigte Claudia ein. Der übliche Kompromiss.

Als Claudia um kurz nach drei völlig durchnässt in die Küche stapfte und die tropfenden Einkaufstüten auf die Arbeitsplatte wuchtete, hatten sich Leif und Franziska immer noch nicht blicken lassen. Bei Leif war das nichts Ungewöhnliches, aber Franziska pflegte normalerweise anzurufen oder eine Nachricht zu hinterlassen, wenn sie etwas vorhatte, das längere Zeit in Anspruch nahm. Draußen hatte sich der böige Wind zu einem tosenden Sturm ausgewachsen. Der Regen peitschte nur so über die Autos hinweg, die im Schneckentempo durch die Straßen krochen, und Claudia fragte sich beunruhigt, was für eine Jacke Franziska bloß angezogen haben mochte. Sowohl ihr roter Anorak als auch ihre gefütterte gelbe Regenjacke hingen an der Garderobe.

Als sie ins Badezimmer ging, um sich die Haare zu trocknen, stutzte sie. Leifs Toilettensachen waren verschwunden. Sie öffnete den Spiegelschrank über dem Waschbecken. Aftershave, Rasierklingen, auch das Eau de Toilette, das sie ihm zu Weihnachten geschenkt hatte, waren nicht mehr da. Ihre Kehle wurde trocken. Claudia lief ins Schlafzimmer und schaute in den Kleiderschrank. Alle seine Kleider fehlten. Ohne Ausnahme. Sie riss die unterste Schublade der Kommode auf. Leer.

»Lukas?«, rief sie mit unsicherer Stimme. »Hat Leif irgendwas zu dir gesagt, dass er für ein paar Tage unterwegs ist oder verreisen will?«

»Nö!«, rief Lukas aus seinem Zimmer und blies unbeirrt in sein Saxofon.

Dass Leif nichts erwähnt und weder seine Zahnbürste noch ein einziges T-Shirt zurückgelassen hatte, löste ein tiefes Unbehagen in ihr aus. Irgendwas stimmte da nicht. Und wo, verdammt, war Franziska?

Claudia tigerte minutenlang durch die Wohnung, dachte fieberhaft darüber nach, ob es nicht eine vollkommen harmlose Erklärung für all das geben konnte, doch ihr fiel keine ein. Sie unternahm einen weiteren Versuch, Franziska auf dem Handy zu erreichen, hörte aber wieder nur ihre Mailbox. Sie hinterließ eine dritte Sprachnachricht und forderte ihre Tochter eindringlich auf, unverzüglich zu Hause anzurufen, sie mache sich große Sorgen.

Plötzlich hatte sie eine Eingebung. Sie lief ins Wohnzimmer, stellte sich auf die Zehenspitzen und nahm die bunte Pappschachtel vom obersten Brett des Buchregals. Darin befand sich ihre Urlaubskasse in Form von Zwanzigkronenmünzen, die sie seit Monaten sammelte. Inzwischen waren ungefähr 3100 Kronen zusammengekommen, was etwa 400 Euro entsprach. Die Leichtigkeit der Schachtel bestätigte ihr sofort, was sie befürchtet hatte. Jemand hatte die Kasse geleert.

Mit hämmerndem Herzen ging sie zum Telefon und wählte die Nummer der Polizei.

Kapitel 36

Magnus Gustavsen hatte die Schnauze gestrichen voll, und das teilte er Alexander auch unverblümt mit. »Sag deinem Herrn Vater, es gäbe wichtige Neuigkeiten beruflicher Art, die ihn unter Umständen interessieren könnten.«

»Soll er heute noch zurückrufen?«, fragte Alexander scheinheilig.

»Wenn es vor Weihnachten noch ginge, wäre ich überaus dankbar«, antwortete Gustavsen gereizt. Dann legte er grußlos auf.

Seit er Hauptkommissar Ohlsen zur Seite gestellt worden war, um ihm »gelegentlich unter die Arme zu greifen«, wie Liv Eriksen sich ausgedrückt hatte, telefonierte er ständig hinter ihm her. Abgesehen natürlich von der schmal bemessenen Zeit, die Ohlsen auf dem Präsidium zu verbringen geruhte, seinem angestammten Arbeitsplatz. Gustavsen hegte den Verdacht, dass Ohlsen ihn als nützlichen Assistenten betrachtete, der ihm den Rücken freihielt, damit er noch hemmungsloser seinen Bewegungsdrang ausleben konnte, der für Gustavsen etwas Pathologisches hatte. Auch fürchtete er, dass es Ohlsens voller Ernst gewesen war, als er ihm in der Kantine vorgeschlagen hatte, für sie beide ein Zweierkajak anzuschaffen. Doch in dieser Hinsicht hielt es Gustavsen mit Winston Churchill: No sports!

Auch an diesem Nachtmittag war Hauptkommissar Ohlsen wieder mal nicht erreichbar und paddelte vermutlich über die schäumenden Wellen des Oslofjords.

Magnus Gustavsen hätte ihm zu gern mitgeteilt, dass es hinsichtlich des Einbruchs am Holmenkollen eine neue Spur gab. Ein Ladenbesitzer aus Drammen glaubte die Werkzeugtasche wiedererkannt zu haben, die von den Tätern auf der Veranda vergessen worden war und deren Foto er im Internet entdeckt hatte.

Was den Tod der alten Dame betraf, so ermittelten sie inzwischen wegen Mordes, zumindest wegen Körperverletzung mit Todesfolge. Die Obduktion des Opfers hatte einen Bluterguss in der Rippengegend zutage gefördert, der von einem schweren Hieb unmittelbar vor Eintreten des Todes herrührte.

Als Gustavsen gerade den Anflug eines schlechten Gewissens verspürte, weil er ein wenig grob zu Alexander gewesen war – der Junge konnte ja nichts dafür –, wurde Claudia Fischer zu ihm durchgestellt. Was sie ihm erzählte, versetzte ihn in höchste Alarmbereitschaft. Er konnte sich noch gut an das hübsche dunkelhaarige Mädchen erinnern, das er gemeinsam mit Alexander bei der Eislaufbahn getroffen hatte.

Ist auch nicht gerade das beste Wetter, um spurlos zu verschwinden, dachte er angesichts der wütend zuckenden Blitze, die mit gleißenden Krallen nach der Stadt und dem Fjord zu greifen schienen. Aber das sagte er natürlich nicht. Stattdessen bemühte er sich, die verängstigte Mutter zu beruhigen. Dass Kinder tagsüber verschwänden, geschähe häufig, und so gut wie immer tauchten sie noch am selben Abend unbeschadet wieder auf, versicherte er ihr. Franziska halte sich bestimmt an einem geschützten Ort auf, um in Ruhe das Ende des Unwetters abzuwarten und gleich darauf den Heimweg anzutreten. Und dass man mit seinem Handy Verbindungsprobleme habe, sei doch eher die Regel als die Ausnahme. Sie solle sich bitte nicht allzu sehr beunruhigen, obgleich er ihre Sorge natürlich verstehen könne.

Schließlich nahm er ihr das Versprechen ab, sich umgehend zu melden, sollte Franziska nach Hause kommen oder anderweitig von sich hören lassen, und versprach seinerseits, Kommissar Ohlsen zu informieren, der ja gewissermaßen ein Freund der Familie sei.

Claudia Fischer bedankte sich mit dünner Stimme

für seine Bemühungen, doch er hörte ihr an, dass seine Worte sie nicht hatten beruhigen können. Ebenso wenig wie ihn selbst.

Was er gesagt hatte, war reine Routine gewesen und unterschied sich nicht im Geringsten von dem, was er jeder x-beliebigen Person erzählt hätte. Vielleicht lag es an seiner persönlichen Bekanntschaft mit Franziska oder an den unheilvollen Wetterbedingungen, dass ihm Böses schwante.

Er wählte erneut Ohlsens Nummer, ohne jemand anderen als Alexander in der Leitung zu erwarten. Doch es geschahen noch Zeichen und Wunder.

»Hallo, Magnus, was gibt's?«

Die Stimme des Hauptkommissars klang so überschwänglich, als hätte er gerade im Lotto gewonnen.

Aber das sollte sich schlagartig ändern.

Kapitel 37

Leif fuhr gen Norden. In Richtung Lillehammer.

Warum ausgerechnet Lillehammer?

Warum nicht?

Er hatte kein bestimmtes Ziel.

Nur weg aus Oslo, möglichst schnell und möglichst weit, das war sein Ziel.

Das Trommelfeuer des prasselnden Regens auf dem Autodach war ohrenbetäubend laut. Während die quietschenden Scheibenwischer Schwerstarbeit verrichteten und er die Augen zusammenkniff, um wenigstens den Mittelstreifen zu erkennen, kam er sich wie der einsamste Mensch auf diesem Planeten vor. Wen würde es schon kümmern, wenn er von der Straße abkam und die norwegische Verkehrstatistik um einen Toten bereicherte?

Im Geiste entschuldigte er sich bei Claudia für diesen Gedanken. Sie zumindest würde um ihn trauern. Ein klein bisschen. Vielleicht auch Lukas, der immerhin von ihm gelernt hatte, wie man Feuer macht und mit einem Luftgewehr schießt. Und wer weiß, vielleicht würde sogar die kratzbürstige Franziska im hintersten Winkel ihres unergründlichen Herzens ein wenig Mitleid für ihn mobilisieren.

Eine Zeit lang hatte er sich wirklich eingebildet, in ihnen so etwas wie eine Familie gefunden zu haben. Ein Zuhause, das er nie gehabt, eine Heimat, die er nie besessen hatte. Dass Claudia, eine attraktive Augenärztin, die mit beiden Beinen fest im Leben stand, einem Loser wie ihm überhaupt Beachtung schenkte, hatte ihn von Anfang an gewundert. Doch damals, in der kleinen Bar in Grünerløkka, war es ihm nicht schwergefallen, den Mann von Welt zu spielen und mächtig Eindruck zu schinden.

Claudia war mit einer Kollegin dort gewesen, sie waren locker miteinander ins Gespräch gekommen, und irgendwann hatte sich die Kollegin verabschiedet und ihm das Feld überlassen. Glücklicherweise hatte er Claudia zu einem zweiten Glas Wein überreden können, dem ein drittes gefolgt war. Ihr großes Redebedürfnis und ihre Vertrauensseligkeit waren ihm sofort aufgefallen. Wie aus einer nie versiegenden Quelle waren die Worte aus ihrem Mund geplätschert. Er hatte zwar nicht alles verstanden, sich aber auf der Stelle in ihren niedlichen deutschen Akzent und ihr strahlendes Lächeln verliebt.

Schon damals hatte er ihr den Quatsch vom brasilianischen Urwald und dem angeblichen Import-Export-Handel erzählt. Wie kam er überhaupt auf solches Zeug? Ein guter Geschichtenerzähler war er schon immer gewesen und nie hatte er eine hingebungsvollere Zuhörerin gehabt als an diesem Abend. Seine einzige Befürchtung war gewesen, dass plötzlich einer seiner alten Kumpel hereinkäme, ihm auf die Schulter haute und sagte: »Na, Petter, armer Schlucker, immer noch arbeitslos?«

Was bin ich doch für ein Traumtyp, dachte er bitter. Das As im Ärmel jeder Partnerschaftsvermittlung: Leif Petter Halvorsen, 40 Jahre alt, Lügner, Einbrecher und Hochstapler. In der Schule gescheitert. Die Ausbildung zum Elektriker abgebrochen. Schütteres Haar, zerrüttete Nerven, angekratztes Selbstbewusstsein. Notorisch pleite. Pleite? Verschuldet! Alles auf Pump oder geleast, auch der Sportwagen, dieses sinnlose Prestigeobjekt. Nur wegen dieser Schulden hatte er sich überhaupt von Morten zu den Einbrüchen überreden lassen. *Idiot!* Und jetzt war ihm nichts Besseres eingefallen, als sich an der Urlaubskasse der liebenswerten Familie zu vergreifen, die ihn unbegreiflicherweise bei sich aufgenommen hatte. Er war wirklich das Allerletzte.

Das Einzige, was er nicht bereute, war die Sache mit der Hütte gewesen. Die gehörte seinem Schulfreund

Espen, der sich zu dieser Zeit im Ausland befunden hatte. Espen war im Leben alles geglückt, was bei ihm selbst schiefgelaufen war. Ein durch und durch entspannter und großzügiger Kerl, der sich wahrscheinlich über Leifs Hochstapelei amüsiert hätte, ohne ihm große Vorwürfe zu machen.

Zu dumm nur, dass Lukas die Zeitung gefunden hatte und ihnen am letzten Tag die beiden Rentner über den Weg gelaufen waren. Ein Gespräch mit ihnen hatte er einfach nicht riskieren können. Wenn sie selbst eine Hütte in der Gegend besaßen, was durchaus wahrscheinlich war, dann wäre die dreiste Lügengeschichte von seiner eigenen Hütte sofort aufgeflogen.

So war das eben mit den ewigen Lügen. Sie türmten sich mit der Zeit zu einem gewaltigen Gebäude, das immer wackliger wurde und irgendwann unweigerlich zusammenbrechen musste.

Doch war er schon lange nicht mehr so glücklich gewesen wie an diesem Wochenende in Espens Hütte.

Auch Claudia und Lukas hatten es genossen, das zumindest tröstete ihn ein wenig.

Sie würden sich noch eine Weile über sein plötzliches Verschwinden wundern, während sein Bild in ihrem Gedächtnis allmählich verblasste. Irgendwann würde der Name Leif nur noch mit einer seltsamen

Episode ihres Leben in Verbindung stehen, mit einem schrägen Vogel, der sich Claudias Vertrauen erschlichen hatte, um sich eines Morgens mit ihrer Urlaubskasse aus dem Staub zu machen. Sie würden ihn nicht vermissen. Und das war auch gut so. Ohne ihn waren sie definitiv besser dran.

Kapitel 38

Franziska hatte ein trockenes Gefühl im Mund. Und den metallischen Geschmack ihres Bluts. Sie musste sich beim Sturz auf die Zunge gebissen haben. Ihr rechtes Auge schmerzte, als sie auf den kleinen Knochen drückte, der sich darunter befand. Sie hatte das Gefühl, als wäre es geschwollen.

Sie lag auf den harten Dielen eines Holzfußbodens. Benommen setzte sie sich auf und musterte ihre Umgebung. Erblickte ein quadratisches, von trüben Regenschlieren gezeichnetes Fenster. Davor einen abgenutzten Tisch und einen Stuhl. Sie zuckte zusammen, als sich in diesem Moment eine gedrungene Gestalt aus dem dunkelsten Winkel des Raumes löste und auf sie zukam. Es war der Mann mit dem Bulldoggengesicht. Der Mann, der sie verfolgt und sich auf sie geworfen hatte. Offenbar war sie danach bewusstlos geworden.

Mit der Erinnerung kehrte die Angst zurück. Sie

hatte Leif nachspionieren wollen, doch der war nicht gekommen. Stattdessen war sie von diesem widerlichen Kerl, der genauso brutal war, wie er aussah, in eine einsame Hütte gesperrt worden. Die Hütte lag in einem riesigen, schwer zugänglichen Waldgebiet. Keiner hatte auch nur die geringste Ahnung, wo sie sich aufhielt. Sie hatte niemanden in ihren Plan eingeweiht, nicht mal Alexander. Jetzt bereute sie es zutiefst, ihm nicht doch eine SMS geschrieben zu haben. Ihm nicht zumindest mitgeteilt zu haben, wo sie hinwollte und was sie vorhatte. Ihre Mutter und Lukas würden sich zu Tode ängstigen, wenn sie nicht spätestens heute Abend nach Hause kam. Sie tastete nach dem Handy in ihrer Hosentasche, aber es war verschwunden.

»Suchst du etwa das hier?«, fragte der Mann mit boshaftem Lächeln und streckte ihr das Handy entgegen. Sie wollte es gerade entgegennehmen, da zog er die Hand zurück und ließ es demonstrativ in der Vordertasche seiner speckigen Jeans verschwinden. »Zwei Dinge will ich von dir wissen«, fuhr er mit rauer Stimme fort und schaute sie durchdringend an. »Wer bist du und was hast du hier zu suchen?«

»Ich heiße ...« Sie räusperte sich. »Franziska ...«

»Und weiter?«

»Fischer. Franziska Fischer.«

Er runzelte unmerklich die Stirn. »Bist du Deutsche?«

Sie nickte.

»Kommen wir zur zweiten und entscheidenden Frage: Warum schnüffelst du hier herum?«

»Ich bin nur spazieren gegangen«, antwortete sie kleinlaut.

»Lüg mich nicht an!«, schrie er und trat so rasch auf sie zu, dass Franziska sich instinktiv die Hände vors Gesicht hielt.

»Ich geb dir einen guten Rat«, fauchte er. »Wenn du je wieder hier rauskommen willst, dann sagst du mir jetzt die Wahrheit. Ich kann es nämlich nicht vertragen, wenn mich jemand zum Narren halten will!« Sein Gesicht war dem ihren so nahe gekommen, dass sie freien Blick auf seine gelblich-braunen Zahnstummel hatte. Sein fauliger Atem war so ekelerregend, dass sie gegen einen plötzlichen Brechreiz ankämpfen musste, um ihm nicht direkt vor die Füße zu kotzen.

»Ich wollte … ich wollte nur …«, stammelte sie.

»Wollte, wollte, wollte«, äffte er sie höhnisch nach.

»Ich wollte nur wissen, was Leif hier macht!«, schrie sie verzweifelt und begann zu schluchzen.

»Leif?« Er stutzte, dann öffnete er den Mund und strich sich über sein unrasiertes Kinn. »Du nennst ihn Leif?«

»Ich verstehe nicht …«, jammerte sie.

»Spielt keine Rolle«, brummte er und machte eine wegwerfende Handbewegung. »Ist ja auch nicht gekommen, der Schwachkopf. Hat bestimmt wieder die Hosen vollgehabt.« Der Mann richtete sich auf und begann schwer atmend, im Zimmer hin und her zu marschieren. Er trug ein enges schwarzes T-Shirt, das sich über seinem voluminösen Brustkorb und den schwellenden Oberarmmuskeln spannte. Der Boden knarrte unter seinem Gewicht. »Wenn ich den Scheißkerl in die Finger kriege, dreh ich ihm den Hals um«, murmelte er.

»Bitte«, flehte Franziska, »wenn Sie mich gehen lassen, werde ich niemandem erzählen, dass ich hier war. Ich werde kein Sterbenswörtchen …«

»Irrtum!«, unterbrach er sie mit dreckigem Grinsen und streckte seinen Zeigefinger in die Luft. »Wir machen es genau umgekehrt. Du erzählst mir jetzt alles, *absolut alles*, was du weißt, und dann entscheide ich, ob ich dich gehen lasse. Ob ich dich gehen lassen *kann*.«

Damit stampfte er aus dem Zimmer und kam im nächsten Moment mit einem Glas Wasser zurück, das er auf den Tisch stellte. Er zog den Stuhl unter der Tischplatte hervor und bot ihr mit einer theatralisch galanten Geste den Platz an. »Mach's dir bequem.«

Franziska wagte nicht, sich ihm zu widersetzen. Gehorsam stand sie vom Boden auf, setzte sich auf den Stuhl, trank einen Schluck Wasser und begann zu erzählen: dass Leif seit einiger Zeit der Freund ihrer Mutter sei und sich ziemlich merkwürdig verhalten habe. Dass ihr Misstrauen gewachsen sei, nachdem Leif ihre Familie auf eine Hütte mitgenommen habe, die bestimmt nicht seine eigene war, obwohl er das behauptet hatte. Und dass sie dann vorgestern Abend, rein zufällig, dieses Telefongespräch mitangehört habe, in dem Leif gesagt hatte, er würde heute früh um zehn zu dieser Hütte kommen, in der sie jetzt waren.

»Das Gespräch …«, fragte sie schüchtern, »hat er doch mit Ihnen geführt, oder?«

»Geht dich nichts an«, knurrte der Mann, der ab und zu nachhakte oder eine Zwischenfrage stellte, Franziska aber ansonsten nur selten unterbrach. Doch sollte sie ihm ganz genau Leifs Aussehen beschreiben, um sicherzugehen, dass sie beide dieselbe Person meinten. Als sie seine strubbeligen, dünnen Haare, den dunklen Teint und die Sonnenbrille erwähnte, die Leif ständig auf dem Kopf trug, nickte der Mann und stieß verächtlich die Luft aus. »Kein Zweifel. So einen eitlen Versager und Vollidioten gibt es nur einmal auf der Welt.«

Die SMS, die sie heimlich gelesen hatte, erwähnte Franziska mit keiner Silbe. Sie ging zwar davon aus, dass der schmuddelige, muskelbepackte Kerl mit dem zerknautschten Gesicht dieser *Morten* war, von dem die SMS stammte, doch hätte sie sich lieber die Zunge abgebissen, als ihn danach zu fragen.

Nachdem sie ihren Bericht beendet hatte, sagte der Mann kein Wort. Starrte bloß mürrisch vor sich hin und schien angestrengt nachzudenken. Draußen klatschte der Regen wie ein nasses Tuch gegen das Fenster. Franziska blickte hinaus, erkannte jedoch nur die schemenhaften Umrisse der Bäume, die sich im Wind bogen, als wären sie aus Gummi. Die Hütte ächzte unter dem entfesselten Sturm. Doch das Unwetter schreckte Franziska nicht. Sie wollte nur fort von hier, nach Hause – und wenn sie sich auf dem Heimweg eine Lungenentzündung holte.

Irgendwann nahm sie all ihren Mut zusammen und fragte leise: »Darf ich jetzt gehen?«

Die Antwort, die er ihr entgegenschleuderte, traf sie wie ein Keulenschlag. »Das könnte dir so passen!«

Kapitel 39

»Franziska … bist du sicher?«

Ohlsens eben noch so gut durchblutetes Gesicht verlor die Farbe. Stumm und angespannt lauschte er dem, was ihm sein Kollege am anderen Ende zu sagen hatte. »Okay, bin gleich da«, murmelte er schließlich und legte auf.

Alexander erschrak, als sein Vater ihm im nächsten Moment einen Blick zuwarf, in dem sich tiefe Sorge und Mitleid vereinten. »Was ist, Papa?«, fragte er angstvoll.

»Franziska ist spurlos verschwunden«, antwortete sein Vater so bedächtig, als brauchte er noch etwas Zeit, um die Nachricht zu verarbeiten. »Magnus hat gerade einen Anruf von Claudia erhalten. Sie macht sich große Sorgen, weil Franziska seit heute Morgen nicht zu Hause war. Sie geht nicht ans Handy und hat auch keine Nachricht hinterlassen. Hast du eine Idee, wo sie sein könnte?«

Alexander schüttelte den Kopf.

»Claudia hat Magnus erzählt, sie würde sich nur halb so viele Sorgen machen, wenn nicht auch ihr Freund, dieser Leif, verschwunden wäre. Der hat klammheimlich all seine Sachen gepackt und ist auf und davon. Ich will mich ja nicht in ihre Familienangelegenheiten einmischen, aber das kann doch kein Zufall sein, dass beide plötzlich weg sind. Außerdem hat jemand das Geld aus Claudias Urlaubskasse gestohlen, über 3000 Kronen.«

»Ich kenne Leif«, sagte Alexander nachdenklich. »Ist ein komischer Typ. Außerdem hat mir Franziska so seltsame Dinge über ihn erzählt.«

»Seltsame Dinge?« Ohlsen sah seinen Sohn fragend an.

Alexander berichtete seinem Vater alles, was für ihn von Interesse sein konnte. Alles, was er aus eigener Erfahrung über Leif wusste und was ihm Franziska über ihn erzählt hatte. Was er jedoch nicht erwähnte, war das abgrundtief schlechte Gewissen, das ihn plagte. Erst vor wenigen Tagen hatte er Franziska gegenüber betont, dass er Leif für einen ausgemachten Schwindler und Betrüger halte, der bestimmt so einiges auf dem Kerbholz habe. Er hatte sie regelrecht angestachelt, hinter ihm her zu spionieren. Wenn Franziska seinetwegen etwas zugestoßen war, würde er sich das nie verzeihen können.

»Ich muss jetzt aufs Präsidium«, erklärte Ohlsen, »und einige Vorkehrungen treffen. Wenn sie bis heute Abend nicht nach Hause gekommen ist, werden wir eine Vermisstenfahndung rausgeben.«

* * *

Franziska kam weder am Abend noch in der Nacht noch am nächsten Morgen nach Hause. Ohlsen hatte eine Suchaktion in die Wege geleitet. Hatte eine Personenbeschreibung herausgegeben, die in Rundfunk und Fernsehen gesendet wurde. Claudia hatte ihm ein aktuelles Foto von Franziska gemailt, das in den Zeitungen veröffentlicht werden sollte.

Was die Suchaktion allerdings erschwerte, ja, nahezu unmöglich machte, war die Tatsache, dass niemand eine Ahnung hatte, *wo* man überhaupt nach ihr suchen sollte. Sie war wie vom Erdboden verschluckt, das war alles, was feststand.

Kapitel 40

Leif hatte die Nacht in einer einfachen Campinghütte verbracht. Das war die billigste Lösung gewesen und hatte zudem den Vorteil, dass sie es beim Vermieten mit der Ausweiskontrolle nicht so genau nahmen. Er hatte sich an der Rezeption einfach als Steinar Solbakken eingeschrieben, hatte die kleinste und billigste Hütte gemietet, die zu haben war, und sich am nächsten Morgen in aller Frühe wieder auf den Weg gemacht. In Richtung Trondheim.

Warum ausgerechnet Trondheim?

Warum nicht?

Er hatte kein bestimmtes Ziel.

Nachdem er sich an einer Tankstelle mit einem Becher Kaffee und einer Tüte Rosinenbollen versorgt hatte, war seine Laune spürbar gestiegen. Der nervtötende Dauerregen, der ihn seit gestern Morgen ununterbrochen begleitet hatte, war einem trockenen Mix aus Sonne und Wolken gewichen, und fast glaubte er, die ersten Vorboten des Frühlings zu spüren, als er die Seitenscheibe ein Stück nach unten fuhr und sich den Wind um die Nase wehen ließ.

Was so eine Nacht in fremder Umgebung doch ausmacht, dachte er lächelnd und wunderte sich darüber, wie befreit er sich plötzlich fühlte. Wie ein Mann, der die Gespenster der Vergangenheit verscheucht hatte und einer verheißungsvollen Zukunft entgegenfuhr.

Er stellte das Radio an, suchte einen Musiksender, der seinem flexiblen Geschmack entsprach, und blieb bei Amy Winehouse hängen: »Love is a losing game«. Als zum zweiten Mal der Refrain erklang, sang er laut und schief mit, wurde allerdings im nächsten Moment von der Stimme des Moderators unterbrochen.

»*Liebe Radiohörer, wir unterbrechen das Programm für eine aktuelle Durchsage. Die Polizei sucht seit gestern Abend die 13-jährige Franziska Fischer aus Oslo …*

Leif zuckte so heftig zusammen, dass er für einen Moment fast die Kontrolle über sein Auto verloren hätte, das augenblicklich ins Schlingern geriet.

»*… Mädchen ist 1,62 Meter groß und schlank, hat braune Augen und braune schulterlange Haare. Bekleidet ist es vermutlich mit einer blauen Jeans und einer dunkelblauen Windjacke. Hinweise über den möglichen Verbleib des Mädchens nimmt die Polizei in Oslo oder jede andere Dienststelle entgegen.*«

Ihm wurde abwechselnd heiß und kalt. Franziska? Wie konnte das sein? Franziska hatte noch im Bett gelegen, als er gestern die Wohnung verlassen hatte. Was würde Claudia jetzt von ihm denken? Vielleicht verdächtigte sie ihn gar, Franziska entführt zu haben. Aber dann würde die Polizei nach *ihm* suchen. Nach *seinem* Fahrzeug. Dann konnte es nicht mehr lange dauern, bis er in eine Verkehrskontrolle geriet und sein Wagen von einer bewaffneten Polizeieinheit umstellt wurde …

Tausend Gedanken konkurrierten um die Vorherrschaft in Leifs Kopf. Er zermarterte sich den Schädel, was das zu bedeuten hatte und was er jetzt tun sollte. Da kam ihm eine furchtbare Möglichkeit in den Sinn. Und wenn Franziska, die ihm ständig hinterherspionierte, sein Telefongespräch mit Morten belauscht hatte? Wenn sie auf die tollkühne, wahnwitzige Idee gekommen wäre, sich an seine Fersen zu heften und auf den Weg zu Mortens Hütte zu machen, während er selbst bereits über alle Berge war?

Verzweifelt versuchte Leif, sich an Mortens Wegbeschreibung zu erinnern. Doch er hatte ihm überhaupt nicht richtig zugehört. Hatte nur so getan, als schriebe er alles mit, während er in Wahrheit bereits seine Flucht geplant hatte. Plötzlich zuckte das Wort »Maridalsvannet« durch sein Hirn. Morten hatte vom Maridalsvannet gesprochen, dem großen See im Norden der Stadt, da war er ganz sicher. Der Rest der Beschreibung war von der Festplatte, die sich unter seiner Schädeldecke befand, gelöscht worden. Aber das war doch zumindest ein Anhaltspunkt.

In diesem Moment fasste Leif einen Entschluss. Und er wusste, dass es der vernünftigste, vielleicht der einzig vernünftige Entschluss seines bisherigen Lebens war. Nach einem kurzen Blick in den Rückspiegel riss er das Steuer herum und wendete mit quietschenden Reifen mitten auf der Straße. Er ignorierte das wütende Hupen seines Hintermanns und trat das Gaspedal durch. Jetzt *hatte* er ein Ziel. Er musste schnellstmöglich nach Oslo zurückkehren.

Er schaltete sein Handy ein und wählte Claudias Nummer. Sie war sofort am Apparat.

»Ich bin's, Leif.«

»Leif!«, schrie sie in den Hörer. »Was ist los? Wo ist Franziska?«

»Ich weiß es nicht.«

»Was ... wieso ...?«

»Hör zu, wir haben keine Zeit zu verlieren. Sag der Polizei, sie soll nach einer Hütte am Maridalsvannet suchen. Genaueres weiß ich auch nicht.«

»Was hat das alles zu bedeuten, Leif?«, schrie sie hysterisch.

»Am Maridalsvannet, beeilt euch! Ich erklär dir alles später.«

Kapitel 41

Irgendwann war sie vor Erschöpfung eingeschlafen. Hatte sich in den Schlaf geweint.

»Damit du nicht auf dumme Gedanken kommst«, hatte der Mann gesagt, bevor er sie in den stinkenden, staubigen Schuppen gestoßen und den Schlüssel herumgedreht hatte.

Franziska vermutete, dass es ein Vorratsraum war. Er besaß einen eigenen Ausgang nach draußen, grenzte aber unmittelbar an die Hütte an. Wenn ihre Orientierung stimmte, verlief die rechte Wand des Schuppens parallel zu dem Zimmer, in dem ihr Peiniger schlief. An den kaum merklichen Schwingungen des Fußbodens spürte sie, wenn er sich in Bewegung setzte und mit schweren Schritten umherging.

Da der Raum in völliger Dunkelheit lag, hatte sie versucht, die Innenausstattung des Schuppens zu ertasten. Hatte ihre Hände vorsichtig über die leeren Regalbretter gleiten lassen, die sich an der linken Wand entlangzogen. Dieser Raum war offenbar schon lange nicht mehr benutzt worden. Hier lagerten weder Essensvorräte noch Werkzeuge oder andere Gerätschaften, mit denen sie hätte versuchen können, die Tür aufzuhebeln.

Frierend und mit knurrendem Magen hatte sie sich in der Ecke, die am weitesten von der zugigen Tür entfernt lag, zusammengerollt und ihren Tränen freien Lauf gelassen. Wie verzweifelt ihre Mutter und Lukas jetzt sein mussten. Der Gedanke daran war fast schlimmer als ihr eigenes Elend.

Inständig bat sie ihren toten Vater um Hilfe, versuchte all ihre Zuversicht in die Vorstellung zu legen, dass er ihr irgendwie helfen konnte. Dass er sie retten und aus diesem dunklen Schuppen befreien würde. Sein Gesicht stand ihr mit einem Mal so nah und lebendig vor Augen wie schon lange nicht mehr. Es lächelte sie an. Dieses Bild war das Letzte, was sie mit in den Schlaf nahm.

★ ★ ★

Graues Morgenlicht sickerte in den Raum. Franziska kam blinzelnd zu sich und dachte im ersten Moment, sie läge zu Hause in ihrem Bett. Doch die Härte der kalten Holzdielen unter ihrem schmerzenden Rücken belehrte sie rasch eines Besseren. Blitzartig überfiel sie die Erinnerung an das Grauen des gestrigen Tages. An ihre ausweglose Situation.

Etwas jedoch hatte sich geändert. Sie wusste nicht gleich, was es war, wandte träge den Kopf und schaute unwillkürlich nach oben. Schräg über ihr zeichnete sich ein helles Viereck ab, das sie gestern noch nicht gesehen hatte. Die Dunkelheit hatte es verborgen, doch nun erkannte sie, dass es sich um ein schmales rechteckiges Fenster handelte. Im Nu war sie auf den Beinen, kniff die Augen zusammen und betrachtete es. Stellte sich auf die Zehnspitzen und tastete am unteren Rand des Fensterrahmens entlang, der morsch und spröde wirkte. Das Fenster besaß einen schmalen Handgriff, der sich in der Mitte der Oberkante befand. Wahrscheinlich hatte das Fenster eine Kippvorrichtung, ließ sich aber nicht vollständig öffnen. Sie streckte sich, bekam den Griff mit zwei Fingern zu fassen, konnte ihn jedoch nicht bewegen.

Wie spät mochte es sein? Sie hatte keine Uhr und der Mann hatte ihr Handy einkassiert. Vermutlich war es noch früh am Morgen. Vorsichtig legte sie ein Ohr an die Bretterwand und lauschte. Glaubte, ganz deutlich sein Schnarchen zu hören.

Ihr graute davor, ihn wiederzusehen. Den boshaften Blick seiner rot geäderten Augen auf sich zu spüren und seinen stinkenden Atem zu riechen. Vor allem graute ihr vor dem, was sich inzwischen in seinem kranken Hirn abgespielt haben mochte. Auf welche Lösung er gekommen war, um sich das Problem Franziska vom Hals zu schaffen. Denn wenn er sie *gestern* nicht hatte gehen lassen, warum sollte er es *heute* tun?

Wenn sie in der hinteren linken Ecke auf das Regal kletterte, könnte sie das Fenster mit ausgestrecktem Arm erreichen. Doch womit sollte sie es einschlagen? Auch fürchtete sie, sich an den Glassplittern, die unweigerlich am Fensterrahmen hängen bleiben würden, zu verletzen. Sie würde schnell handeln müssen, würde sich in aller Eile durch die Öffnung zwängen, auf der Rückseite des Schuppens hinunterspringen und sich in den Wald flüchten müssen, ehe der Mann aufwachte, ihr nachsetzte und sie erneut überwältigte.

Sie versuchte, eines der unteren Regalbretter zu lösen, und tatsächlich ließ es sich ganz einfach und fast geräuschlos herausheben. Sie stellte es behutsam unter das Fenster, zog sich die Kapuze ihrer Windjacke über den Kopf und knotete sie fest zu, um sich vor Schnittverletzungen zu schützen. Dann kletterte sie so leise wie möglich auf das Regal, das glücklicherweise an der Wand festgeschraubt war, und zog das lange Regalbrett zu sich nach oben. Sie sammelte allen Mut zusammen, biss sich auf die Lippen, zielte mit der Brettkante auf das Fenster, hielt die Luft an und – schlug zu!

Die Scheibe ging klirrend in Scherben. Franziska warf das Brett von sich, schwang die Füße durch die Öffnung und spürte einen stechenden Schmerz, als sie zuerst mit den Schienbeinen, dann mit Knien und Oberschenkeln über den schmalen Fensterrahmen rutschte, den eine Reihe gezackter, abgebrochener Glasstücke umkränzte. Dann zog sie den Kopf ein, kniff die Augen zusammen und sprang. Der Aufprall war überraschend weich. Sie hatte im Fallen die Rückwand des Schuppens berührt und war der Länge nach im Matsch gelandet. Doch der Schmerz in ihren Beinen war nahezu unerträglich. Sie rappelte sich auf, unterdrückte ein Stöhnen und humpelte in den Wald hinein, während das Blut an unzähligen Stellen durch ihre Hosenbeine drang, in denen immer noch die Glassplitter steckten.

Sobald sie die erste Baumreihe erreicht hatte, hörte sie, wie die Tür der Hütte krachend aufflog. Der Mann stürmte nach draußen und machte sich offenbar an der Tür des Schuppens zu schaffen. Franziska riss sich die Kapuze vom Kopf, um besser hören zu können. Im nächsten Moment schallte ein wütendes Fluchen durch den Wald, gefolgt vom heiseren Brüllen seiner Reibeisenstimme, die ihr durch Mark und Bein ging: »Ich krieg dich!«

Franziska wusste, dass sie ihm nicht weglaufen konnte. Sie musste sich so gut verstecken, dass er sie nicht finden würde. Mit wild pochendem Herzen entfernte sie sich seitwärts von der Hütte und achtete darauf, nicht über die weißen Schneeflächen zu laufen, um keine verräterische Blutspur zu hinterlassen. Ihr Kopf war Gott sei Dank unversehrt, doch hatte sie nicht nur an den Beinen, sondern auch an beiden Händen schmerzhafte Schnittwunden davongetragen.

Plötzlich hörte sie ein lautes Rascheln und Knacken und ging rasch hinter dem nächsten Stamm in Deckung. Etwa dreißig Meter von ihr entfernt erkannte sie seine bullige Gestalt, die durch das Dickicht pflügte. Doch bewegte er sich in gerader Linie von der Hütte weg, genau wie sie vermutet hatte. Sie wartete so lange, bis er zwischen den Bäumen verschwunden war, ehe sie ihren Weg in seitliche Richtung fortsetzte. Meter für Meter kämpfte sie sich durch das sumpfige Terrain und hatte bald jede Orientierung und jedes Zeitgefühl verloren …

Inzwischen war es taghell geworden, sofern man in diesem düsteren Wald davon sprechen konnte. Sie lehnte sich erschöpft an den rauen Stamm einer Kiefer und spürte plötzlich das saugende Loch in ihrem Magen. Die staubigen Kekse, die ihr der Mann gestern Nachmittag gnädigerweise überlassen hatte, waren das Letzte gewesen, was sie zu sich genommen hatte. Ihre Kehle brannte vor Trockenheit. Sie ging in die Hocke, schmolz ein wenig Schnee in den Händen und trank das eiskalte Wasser. Danach nahm sie noch mehr Schnee und säuberte die Wunden ihrer Hände damit.

Immer wieder ließ sie ihren Blick in die Runde schweifen, aus Angst, der Mann mit dem Bulldoggengesicht könnte plötzlich durch das Gestrüpp brechen und sie entdecken. Franziska hatte keine Ahnung, in welcher Richtung die Stadt lag, wo die Hütte war und wohin sie sich wenden sollte. Vielleicht konnte sie dem Mann entkommen, doch fragte sie sich beklommen, wann ihre Kräfte sie im Stich lassen würden. Ihre Jeans war schon halb durchgeblutet. Wenn sie sich immer weiter in der Unendlichkeit der Nordmarka verlor, dann war es nur eine Frage der Zeit, wann sie entkräftet zusammensinken und jämmerlich erfrieren würde. Oder verhungern. Oder beides.

Sie biss die Zähne zusammen und stapfte weiter, Schritt für Schritt, während sich ihre Augen mit Tränen füllten. Ihre Füße waren eiskalt, doch zumindest hatten die Gummistiefel sie trocken gehalten.

Irgendwann hörte sie auf, nach ihrem Verfolger Ausschau zu halten. Ließ den Kopf hängen und trottete wie in Trance vor sich hin. Ein heftiger Schwindel hatte sie erfasst und ließ sie zwei Mal über ihre eigenen Füße stolpern. Als sie mühsam wieder auf die Beine kam, sah sie den blanken Spiegel eines Sees durch die Bäume schimmern. Sie wankte darauf zu und erkannte, dass es sich um einen kleinen, von schlanken Birken umstandenen Weiher handelte, an dem ein schmaler Spazierweg vorbeiführte. Es war der erste Weg, auf den sie seit ihrer Flucht aus dem Schuppen stieß. Sie kauerte sich ins Tannengrün und fragte sich, ob sie es wagen konnte, bis zum Ufer zu gehen, um etwas zu trinken. Ob sie es riskieren durfte, aus dem Schutz des Dickichts herauszutreten und sich auf der nahezu kreisrunden Lichtung zu zeigen, in deren Mitte der See lag. Obwohl das Wasser fast schwarz aussah, übte es eine magische Anziehungskraft auf sie aus.

Schließlich siegte ihr quälender Durst über die Angst, von ihrem Verfolger entdeckt zu werden. Ihre Augen wanderten in höchster Konzentration um den Weiher herum, ohne etwas Verdächtiges zu erblicken. Dann überquerte sie mit zwei, drei raschen Schritten den Weg, ging am Ufer in die Knie und schaufelte sich mit beiden Händen kaltes Wasser in den Mund. Für einen Moment dachte Franziska, dass sie nie zuvor in ihrem Leben Wasser als solche Köstlichkeit empfunden hatte.

Als sie sich aufrichtete, hatte sie neuen Mut gefasst. Sie wandte sich nach links und betrat den schmalen Weg, der nach wenigen Metern wieder in den dichten Wald hineinführte. Wenn sie Glück hatte, verlor er sich nicht im Nirgendwo, sondern traf irgendwann auf einen breiteren Weg, der ihre Rettung bedeuten konnte.

Sie drehte sich noch einmal herum, um einen letzten Blick auf den Weiher zu werfen, als sie auf der gegenüberliegenden Seite, zwischen den Tannen, eine Bewegung wahrnahm. Mit einem Anflug von Panik setzten sich ihre Beine wie von selbst in Bewegung, als der Mann mit dem Bulldoggengesicht durch das Gestrüpp brach, ans Ufer trat und sich suchend umschaute. Erschrocken zog sich Franziska in den Schatten der Bäume zurück. Das Herz schlug ihr bis zum Hals. Sie glaubte nicht, dass der Mann sie gesehen hatte, doch mochte er nur etwa hundert Meter von ihr entfernt sein.

Mit tastenden Schritten schlurfte sie rückwärts, den Blick wie gebannt auf ihren Verfolger gerichtet, der eine Hand in die Hüfte stemmte und sich die andere flach über die Augen hielt, um besser sehen zu können. Sobald er aus Franziskas Blickfeld verschwunden war, drehte sie sich um und hastete so schnell, wie es ihre schmerzenden Beine zuließen, den Weg entlang. Sie hielt sich nah am Wegesrand, um sich notfalls sofort ins Dickicht schlagen zu können. Zumindest war der Untergrund hier so fest, dass sie nicht bei jedem Schritt das Gefühl hatte, im Matsch zu versinken. Weit vor sich erkannte sie eine Weggabelung. Sie eilte darauf zu, überlegte bereits, ob sie den linken oder den rechten Weg einschlagen sollte, als sie abrupt anhielt und ungläubig die Augen aufriss.

Ein mächtiger Elch war aus dem Unterholz getreten und direkt an der Weggabelung stehen geblieben. Er hatte braunes seidiges Fell und riesige Schaufeln, die zu beiden Seiten von seinem Kopf abstanden und eine imposante Krone bildeten. Franziska starrte den Elch an und der Elch starrte Franziska an. Sie blickte direkt in sein gütiges braunes Auge und hatte seltsamerweise nicht die geringste Angst.

Du musst mir den Weg verraten!, flehte sie innerlich und wusste zugleich, dass sie auf dem besten Weg ins Irrenhaus war, wenn sie im Ernst dachte, ein Elch könnte ihr weiterhelfen.

Der Elch blickte sie unverwandt an. Dann schwenkte er sein majestätisches Haupt zur Seite und trottete gemächlich wieder ins Unterholz.

Franziska schickte ihm einen stummen Dank hinterher und nahm die linke Abzweigung, denn dorthin hatte der Elch gezeigt.

Nachdem sie einige Minuten gelaufen war, wurde der Weg zusehends breiter und lichter. Plötzlich glaubte sie, in der Ferne das Knattern eines Hubschraubers zu hören, das langsam lauter wurde. Hundegebell schallte ihr entgegen.

Sie beschleunigte ihre Schritte, ihr Brustkorb weitete sich, sie spürte das Adrenalin durch ihren Körper fluten. All ihre Schmerzen waren wie weggeblasen. Sie flog förmlich um die nächste Wegbiegung, als ihr ein gellender Ruf entgegenschallte: »Franziska!«

Sie rannte auf die dunkel gekleideten Männer zu, die ihre Hunde an der Leine hielten. Eine Person löste sich aus der Gruppe und lief ihr entgegen. Dann warf sie sich Hauptkommissar Ohlsen in die Arme.

Epilog

Die Paradiesbucht badete im gelben Frühlingslicht. Franziska und Alexander schlenderten am Ufer entlang. Flimmernde Sonnenreflexe tanzten auf ihren Gesichtern. Die salzige Luft kitzelte in der Nase. Ein paar Möwen schaukelten behaglich auf den Wellen, die träge an den Strand schwappten.

Als sie den hölzernen Steg erreichten, der direkt in die glitzernde Weite des Meeres hineinführte, zogen sie die Schuhe aus und gingen mit nackten Füßen über die warmen Planken. An der vorderen Kante setzten sie sich hin und ließen die Beine baumeln.

Während Franziska ihre juckenden Handflächen rieb, auf denen der Schorf bröckelte, empfand sie fast ein wenig Mitleid mit Leif, dem ehemaligen Freund ihrer Mutter, der jetzt in Untersuchungshaft saß und auf seinen Prozess wartete. Leif hatte sich der Polizei gestellt und die Sache mit den Einbrüchen gestanden. Viel mehr konnte man ihm eigentlich nicht vorwerfen. Außerdem glaubte ihm Franziska, dass er alles getan hätte, um sie zu befreien, nachdem er von ihrem Verschwinden gehört hatte.

Sein ehemaliger Kompagnon Morten saß ebenfalls in Untersuchungshaft, nachdem er nur Minuten nach Franziskas Rettung festgenommen worden war. Doch mit ihm hatte sie nicht das geringste Mitleid. Den konnten sie ihretwegen zwanzig Jahre lang in einen dunklen Schuppen sperren und ihm jeden Tag drei Kekse zu essen geben – dann würde er mal sehen, was das für ein Gefühl war.

»Was ich dich schon lange mal fragen wollte«, sagte Alexander unvermittelt und strich sich mit dieser lässigen Bewegung, die ihr von Anfang an gefallen hatte, die Haare aus der Stirn. »Wie hast du am Ende eigentlich den richtigen Weg gefunden? Ich meine, du bist meinem Vater ja direkt in die Arme gelaufen.«

»Den hat mir ein Elch verraten«, antwortete Franziska und lächelte geheimnisvoll.

KNUT KRÜGERS Begeisterung für Skandinavien führte ihn schon früh nach Oslo, wo er einige Zeit lebte. Mittlerweile frönt er seiner Begeisterung für den Hohen Norden bei dem Übersetzen skandinavischer Literatur, dem hemmungslosen Verzehr norwegischer Schalentiere und seit Neuestem dem Schreiben seiner Oslo-Krimis um Kommissar Ohlsen.

Einbruch Husebyskogen
Sørkedalsveien
Viggo Hansteensvei
Sørkedalsveien
Hoffsveien
Ullernchausséen
HEGGELI
Vestre Gravlund
Sørkedalsveien
Vigelandsparken
Skulpturenpark
Kirkeveien
ULLERN
Hoffsveien
SKØYEN
Schule
Halvdan Svarts gate
Drammensveien
FROGNER
Drammensveien
Wohnung Frau Fischer
GIMLE
Frognerstranda
Nationa
biblioth
Frogner-
kilen
FILIPS
BYGDØY
Kongeskogen
Paradies-
bucht
Haus der Familie Ohlsen